KB178946

다른 방식으로 보기

JOHN BERGER

WAYS OF SEEING

다른 방식으로 보기

존 버거 / 최민 옮김

열화당

Dear Korean Reader

I wrote this book forty years ago, but I still believe in it, and today it's coming to you, with my greetings, in a new edition.

With it, I send you a *haiku* by the great Japanese poet Kobayashi Issa, written two centuries ago. He says it all in eleven words:

Writing shit about new snow
for the rich
is not art.

Go on, continue ... contest!

June 2012
John Berger

한국의 독자들에게

나는 이 책을 사십 년 전에 썼습니다. 그러나 나는 아직도 이 책에 담긴 생각들을 믿고 있습니다. 이제 여러분들도 이 책을 새로운 한국어 번역본으로 볼 수 있게 되었음을 축하드립니다.

이와 함께 나는 여러분들께 위대한 일본 시인 고바야시 잇사(小林一茶, 1763-1827)가 두 세기 전에 쓴 하이쿠 한 편을 보냅니다. 그는 단열한 단어로 다음과 같이 노래했습니다.

부자들을 위해
새 눈에 대해 너절한 글을 쓰는 것은
예술이 아니다.

계속 싸워 나가시기 바랍니다!

2012년 6월
존 버거

이 책은

존 버거, 스벤 블롬베리, 크리스 폭스,

마이크 딥, 리처드 홀리스가 만들었다.

독자들에게

이 책은 우리 다섯 명이 공동으로 만든 것이다. 우리는 비비시(BBC) 텔레비전 시리즈 「다른 방식으로 보기(Ways of Seeing)」에 담겨 있는 몇몇 생각에서 출발했다. 이 책에서 우리는 이 생각들을 확장 발전시켰다. 이 생각들은 우리가 무엇을 이야기하느냐뿐만 아니라 그것에 대해 어떻게 이야기를 시작해야 하느냐에도 영향을 주었다. 따라서 이 책의 형식은, 그 속에 담겨 있는 우리들의 주장만이 아니라 우리들이 이야기하고자 하는 목표와도 관계가 있다.

이 책은 차례로 번호가 매겨진 일곱 편의 에세이로 이루어져 있다. 이 에세이들을 어떤 순서로 읽어도 좋다. 그 중 네 편에서는 글과 이미지를 같이 사용했고, 세 편은 이미지만을 사용했다. 순전히 이미지들로만 구성된 에세이들(여성을 보는 방식 및 유화 전통에서의 다양한 모순적 측면들에 관한 부분)은 글로 쓴 에세이들만큼 여러 가지 다양한 질문을 제기하기 위한 것이다. 이 이미지들로만 구성된 에세이들에서는, 때로는 복제 도판에 대해 아무런 정보가 없는 경우도 있다. 그러한 정보를 곁들이는 것이 제기된 논점을 벗어나게 할지도 모른다고 생각했기 때문이다. 도판에 관한 정보는 이 책 마지막 부분에 수록된 도판 목록에서 찾아볼 수 있다.

이들 에세이는 각각의 주제에서 단지 몇몇 측면—특히 현대적인 역사의식에 의해서 조명받게 된 측면들—만을 다루었을 뿐이다. 우리의 기본 목표는 다름 아닌 질문을 새롭게 하는 것이었기 때문이다.

1

말 이전에 보는 행위가 있다. 아이들은 말을 배우기에 앞서 사물을 보고 그것이 무엇인지 안다.

그러나 보는 행위가 말에 앞선다는 것에는 또 다른 의미가 있다. 보는 행위는 우리가 어디에 있는지를 결정해 준다. 우리는 우리 주위를 에워싼 이 세계를 말로 설명하고는 있지만, 어떻게 이야기하든 우리가 보는 이 세계가 우리를 둘러싸고 있다는 엄연한 사실은 변하지 않는다. 보는 것과 아는 것의 관계는 끊임없이 변화하며 결코 한 가지 방식으로 정해져 있는 것이 아니다. 매일 저녁 해가 지는 것을 **볼** 때, 우리는 해가 지평선 아래로 떨어지는 게 아니라 지구가 태양 주위를 돌기 때문이라는 사실을 **알고** 있다. 그럼에도 불구하고 이러한 지식은 우리가 눈으로 보는 광경과 꼭 맞아떨어지지는 않는다. 초현실주의 화가 르네 마그리트(René Magritte)는 언어와 시각 사이의 이 영원한 어긋남을 〈꿈의 열쇠〉라는 그림 속에 표현했다.

르네 마그리트 〈꿈의 열쇠〉.

우리가 사물을 보는 방식은 우리가 알고 있는 것 또는 우리가 믿고 있는 것에 영향을 받는다. 지옥이 실제로 존재한다고 믿었던 중세 사람들이 보는 불타는 광경은, 오늘날 우리가 보는 불타는 광경과는 다른 것이었다. 그럼에도 불구하고 지옥에 대한 그들의 관념은 불에 타서 재만 남고 모든 것이 다 소멸되는 시각적 정경과 불에 덴 고통의 체험에서 생겨난 것이라고 할 수 있다.

사랑에 빠져 있을 때 사랑하는 사람의 모습은 완벽해 보인다. 그 어떤 단어도 이 완벽함을 제대로 표현할 수 없으며, 사랑의 행위만이 일시적으로 그 완벽함을 표현할 수 있다.

그러나, 말에 선행하며, 말로는 도저히 설명할 수 없는 이 '본다'는 행위는, 자극에 기계적으로 반응하는 따위의 단순한 문제가 아니다. (보는 행위가 이런 식으로 생각될 수 있는 경우는, 보는 행위 가운데 단지 망막에 관련된 아주 조그만 부분만을 따로 떼어내 생각했을 때뿐이다.) 우리는 단지 우리의 관심을 끄는 것만 본다. 이렇게 보는 것은 일종의 선택 행위다. 선택의 결과, 우리는 우리가 보는 것을 시야의 범위 안으로 끌어들인다. 그렇다고 손이 닿는 가까운 범위만을 의미하는 것은 아니다. 어떤 물건을 만져 보려면 그 물건에 가까이 다가가야 한다. (눈을 감고 방 안을 한번 돌아 보라. 그러면 촉각의 기능이 일종의 움직임 없는, 지극히 제한된 성격의 시각과 비슷한 것임을 곧 알아차릴 수 있다.) 우리는 결코 한 가지 물건만 보지 않는다. 언제나 물건들과 우리들 사이의 관계를 살펴본다. 우리의 시각은 끊임없이 능동적으로 움직이고, 우리를 중심으로 하는 둥그런 시야 안에 들어온 물건들을 훑어보며, 세계 속에 우리가 어떻게 위치하고 있는지 가늠해 보려 한다.

우리가 어떤 것을 볼 수 있게 되자마자, 타인도 우리를 볼 수 있다는 사실을 의식하게 된다. 이렇게 타인의 시선이 우리의 시선과 결합함으로써 우리 자신 역시 가시적 세계의 일부라는 사실을 납득할 수 있게 된다.

만약 우리가 저 너머의 언덕을 볼 수 있다는 사실을 받아들인다면, 그 언덕에서도 역시 우리가 보일 거라고 말할 수 있다. 이와 같은 시각의 상호작용적 성격은 대화의 상호작용보다 더 근본적인 것이다. 때로는 문자 그대로 또는 은유적인 의미에서 '자기가 무엇을 어떻게 보았는지' 상대방에게 설명하기 위해, 그리고 '상대방은 무엇을 어떻게 보았는지' 알아내기 위해 대화하는 경우도 있다.

우리가 이 책에서 사용하는 이미지라는 단어는 모두 인간이 만들어낸 이미지를 가리킨다.

이미지는 재창조되었거나 재생산된 시각이다. 그것은 특정한 장소, 특정한 순간의 사물의 어떤 모습 또는 모습들을 본래의 장소 및 시간에서 따로 분리해내 일정 기간 또는 몇 세기 후까지 보존하기 위한 것이다. 모든 이미지는 하나의 보는 방식을 구현하고 있다. 사진도 마찬가지다. 우리는 흔히 사진을 기계적 기록이라고 생각하지만 결코 그렇지 않다. 한 장의 사진을 볼 때 우리는 막연하게나마 그 사진이 사진을 찍은 사람의 무한히 많은 시각들 가운데서 특별히 선택된 것이라는 사실을 의식하게 된다. 이것은 심지어 매우 일상적인 가족 스냅 사진의 경우에도 마찬가지이다. 사진가의 보는 방식은 주제 선택에 반영되어 있다. 화가의 보는 방식은 캔버스 또는 종이 위에 그가 그려 놓은 것에 의해 재구성된다. 그러나, 비록 모든 이미지가 하나의 보는 방식을 구현하고 있긴 해도, 어떤 이미지를 보고 어떻게 평가하느냐 하는 것은 각자의 보는 방식에 달려 있다. (예를 들어 실라라는 여자의 모습은 그녀를 찍은 다른 스무 장의 사진 속 모습 가운데 하나일 뿐이다. 그러나 우리는 우리 나름의 눈으로 그 중 하나가 실라의 모습이라고 생각하는 것이다.)

애초에 이미지가 만들어진 것은 현재 존재하지 않는 어떤 것의 모습을 되살리기 위해서였다. 그러다가 점차 사람들은 재현한 사물이 사라진 후에도 이미지는 그대로 남는다는 것을 분명히 알게 되었다. 동시에 하나의 이미지는 한때 무언가를 누군가가 본 적이 있다는 사실을 드러내 준다. 이와 함께 그것을 다른 사람들은 어떻게 보았는지도 보여준다. 나중에는 이미지 제작자의 특수한 시각 역시 기록의 일부로 인정되기에 이르렀다. 그리하여 한 이미지는 X라는 사람이 Y라는 대상을 어떻게 보았는지에 대한 기록이 된다. 이는 역사에 대한 인식이 점차 커 감에 따라 개성에 대한 자각도 점점 커지는 결과로 생겨난 것이다. 이 마지막 발전이 정확하게 언제 일어났는지 따져 보려 해 봤자 소용없지만, 유럽에서는 르네상스 시작 이래 그러한 인식이 존재해 온 것이 엄연한 사실이다.

이미지 외에 어떤 과거의 유물이나 문서도, 다른 시대의 사람들이 살았던 세계에 대해 직접적으로 증언해 주지는 않는다. 이런 점에서 이미지는 문학보다 더 정확하고 풍부하다. 이렇게 이야기한다고 해서 미술의 표현적이고 상상적인 성격을 부정하고 단지 자료적으로만 보려는 것은 아니다. 작품의 상상적 차원이 풍부하면 할수록, 그것을 만든 예술가의 가시적 세계에 대한 경험을 공유할 수 있는 가능성은 더 커진다.

하나의 이미지가 미술작품으로 제시되었을 때 사람들이 그것을 보는 방식은, 미술과 관련해 교육받은, 문화적으로 중요하다고 전제된 몇몇 관념들의 영향을 받는다. 이를테면 다음과 같은 관념들이다.

미(美)
진실
천재성
문명
형식
사회적 지위
취향 등등

사실 이러한 문화적 가정들이 실제 세계와 꼭 부합하는 것은 아니다. (있는 그대로의 실제 세계란 단순히 객관적 사실만을 뜻하는 것이 아니라, 이에 대한 우리들의 의식까지 포함하는 것이다.) 이 문화적 가정들은 사실상, 세계의 실상을 명확하게 밝혀 주는 것이 아니라 그것을 신비화하여 알 수 없는 것으로 만든다. 과거는, 나중에 새롭게 발견됨으로써 그것이 실제로 어떠했는지 정확하게 알아낼 수 있는 것이 결코 아니다. 역사는 항상 현재와 과거 사이의 관계를 구성한다. 그렇기 때문에 현재에 대한 두려움은 과거를 신비화하는 데로 나아간다. 우리는 과거 속에 살지 않는다. 과거는 우리가 어떤 행동을 하려고 했을 때 필요한 결론들을 이끌어내는 일종의 샘물과 같은 것이다. 과거에 대한 문화적 신비화는 이중의 손실을 가져온다. 과거의 미술작품들은 불필요하게 아득히 먼 시대에 속하는 것처럼 간주된다. 그리고 우리가 어떤 행동을 완수하기 위해 필요한 결론들을 과거에서 찾아볼 수 있는 가능성도 줄어든다.

한 폭의 풍경화를 '볼' 때 우리는 자신이 그 풍경 속에 있는 것처럼 생각한다. 만약 과거의 미술을 '본다면' 우리는 자신이 역사 속에 있는 것처럼 생각할 것이다. 그런데 만약 누군가가 방해해서 그것을 볼 수 없게 된다면 우리에게 속하는 역사를 박탈당하는 셈이 된다. 거기서 이득을 보는 사람은 과연 누구일까. 결국 과거의 미술은, 특권을 지닌 소수가 지배계급의 역할을 정당화할 수 있는 어떤 역사를 새로 꾸며내려고 하기 때문에 신비화하는 것이다. 오늘날에는 이런 식으로 정당화하려고 해 봤자 쓸데없는 일이다. 그래서 과거를 신비화할 수밖에 없는 것이다.

이러한 신비화의 전형적인 예를 살펴보자. 최근 프란스 할스(Frans Hals)에 관한 두 권짜리 연구서가 새로 출판되었다.* 이 책은 할스에 관해 가장 권위있다는 저작이다. 그러나 미술사 연구서로서는 그저 평균 수준의 평범한 책에 불과하다.

프란스 할스 말년의 위대한 작품 두 점은 십칠세기 네덜란드 도시 하를럼에 있던 빈민노인들을 위한 자선 요양원의 남녀 이사(理事)들의 초상화다. 이 두 점의 초상화는 공적으로 주문받아 제작된 것이다. 이미 여든을 넘긴 노인이었던 할스는 비참한 상태에서 가까스로 연명해 가는 처지였다. 그는 평생 빚에 쪼들려 지냈다. 할스가 이 그림들을 그리기 시작했던 1664년 겨울, 그는 자선기관이 제공하는 토탄(土炭) 세 짐으로 추위를 견뎌낼 수 있었다. 토탄을 얻지 못했더라면 아마도 얼어 죽었을 것이다. 이런 자선기관을 운영했던 사람들이 자신들의 초상화를 위해 할스 앞에서 기꺼이 포즈를 취했던 것이다.

* Seymour Slive, *Frans Hals*, London: Phaidon, 1970.
(이 책 『Ways of Seeing』은 1972년에 초판 발행되었다. —역자)

프란스 할스 〈자선 요양원의 이사(理事)들〉.

프란스 할스 〈자선 요양원의 여이사(女理事)들〉.

할스에 대해 책을 쓴 이 저자는 이러한 사실들을 상기시키면서 공개적으로 다음과 같이 주장하고 있다. 즉 이 그림 속에 그려진 인물들에 대한 화가의 어떠한 비판적 시선도 찾아보려 해서는 안 된다는 것이다. 할스가 이들을 그릴 때 씁쓸함을 느꼈다는 아무런 증거가 없다고 그는 말한다. 그러나 저자는, 그럼에도 불구하고 이 초상화들을 탁월한 미술작품이라고 간주하며 그 이유를 설명해 나간다. 여이사(女理事)들의 초상화에 대한 그의 말을 들어 보자.

> 이 여자들은 다 같이 인간조건에 대해 의미심장하게 이야기하고 있다. 여자들 하나하나가 **거대한** 어두운 바탕 위에 한결같이 밝게 그려져 있다. 그러나 그녀들은 확고하면서도 율동적인 배치 방식과 그녀들의 손과 머리가 구성하는 차분한 대각선 패턴에 의해 하나로 연결되어 있다. **깊이있고** 빛나는 검정색의 미묘한 변화는 그림 전체의 **조화로운 융합**을 가능하게 하고 있으며, **딱 알맞은 굵기로 비할 데 없이 힘차게** 그려진 붓자국들의 **강렬한** 흰색과 대조되어 한 번 보면 **잊기 힘든 놀라운 콘트라스트**를 이루어내고 있다.(강조는 필자)

물론 그림 구도(composition)의 통일성은 이미지의 힘에 가장 기본적인 것이다. 그림의 구성을 살펴보는 것은 당연한 일이다. 그러나 여기서는 구도 자체가 마치 정서적 충전력을 지니고 있다는 듯이 씌어 있다. **조화로운 융합(harmonious fusion)**이라든가 **잊기 힘든 놀라운 콘트라스트(unforgettable contrast)**, **딱 알맞은 굵기로 비할 데 없이 힘차게(a peak of breadth and strength)** 등등의 단어들은 이 그림의 이미지가 불러일으키는 정서를, 체험된 삶의 차원에서 벗어난, 이른바 '미술 감상(art appreciation)' 이라는 차원으로 이동시킨다. 그럼으로써 모든 갈등과 분쟁의 골치 아픈 문제들은 사라지고, 우리에겐 영원히 변함없는 '인간조건' 만 남는다. 그리고 그림은 정말 놀라운 물건이 된다.

할스나, 그에게 초상화를 그려 달라고 주문했던 십칠세기 네덜란드 하를럼의 자선 요양원 이사들에 대해 우리가 아는 바는 거의 없다. 화가와 그들 사이의 관계에 대해 말해 주는 정확적인 증거 같은 것도 없다. 그러나 그림들 자체가 그런 증거가 될 수는 있다. 즉 한 그룹의 남자와 여자들을 타인인 화가가 보았다는 사실이 그것이다. 이 증거를 검토하여 당신 스스로 판단을 내려 보라.

이 책을 쓴 미술사학자는 작품을 보고 직접 판단 내리는 것을 두려워한다. 그래서인지 그는 다음과 같이 쓰고 있다.

> 프란스 할스의 대부분의 다른 작품에서와 마찬가지로, 여기서도 인물의 특성을 날카롭게 파고들어 가는 듯한 할스 특유의 묘사방식은, 마치 우리가 그 인물들의 개성적인 생김새뿐만 아니라 심지어 그들의 버릇까지 다 알고 있다는 생각이 들 정도로 우리를 유혹하는 것 같다.

도대체 '유혹하다니', 어떻게 '유혹한다'는 말인가. 그저 우리의 마음을 움직인다는 말이 아닌가. 이 작품이 우리를 움직이게 하는 것은, 초상화에 그려진 인물들이 할스 앞에 포즈를 취했을 때 할스가 보았던 방식을 우리가 받아들였기 때문이다. 그렇다고 해서 우리가 순진하게 그의 방식을 곧이곧대로 받아들인다는 말은 아니다. 평소에 다른 사람들을 관찰하는 방식, 즉 그들의 몸짓이나 얼굴 생김새, 더불어 행동방식, 사회적 관습이나 의례 등등 여러 가지를 보고 얻은 경험에 비추어,

우리가 사람들을 보는 방식과 할스가 그의 인물들을 보는 방식이 일치할 때 그의 묘사 방식을 우리가 받아들인다는 말이다. 이러한 일이 가능한 것은 사회관계나 도덕적 규범이라는 측면에서, 아직은 할스가 살았던 사회와 어느 정도 유사한 성격을 지닌 사회 속에서 우리가 살고 있기 때문이다. 그리고 바로 이러한 점 때문에 할스의 초상화들이 심리학적이고 사회학적인 절박함을 지닌 것으로 보이게 된다. 우리가 그림 속에 그려진 사람들이 어떤 사람인지 알 **수 있을** 것 같은 느낌을 강하게 갖는 것은, '유혹자' 로서의 화가의 솜씨 때문이 아니라 바로 이 점 때문이다.

책의 저자는 계속해서 다음과 같이 쓰고 있다.

> 어떤 비평가들에게는 이 그림의 유혹이 완전하게 성공을 거두었던 것 같다. 예를 들어 이렇게 주장하는 사람도 있다. 기다랗고 헝클어진 머리카락에 모자를 삐딱하게 쓴 이사(理事) 한 사람은 술에 취한 상태라는 것이다.

그는 이것이 그림의 가치를 깎아내리는 발언이라고 말한다. 그의 주장에 따르면, 그 시대에는 모자를 머리 한쪽으로 비스듬히 쓰는 게 유행이었다는 것이다. 그리고 그 이사의 얼굴 표정이 안면마비 때문이라는 걸 증명하려고 의사의 소견까지 인용하고 있다. 그는 계속해서, 만약 그 가운데 한 사람이 취한 모습으로 그려졌다면 그 그림이 이사들에게 받아들여졌겠냐고 주장한다. 이어서 이런 것들을 몇 페이지에 걸쳐 장황하게 논의하고 있다. (십칠세기의 네덜란드 남자들은 모험적이고 쾌락을 좋아하는 사람으로 보이기 위해 모자를 머리 한쪽에 치우치게 썼다는 둥, 그리고 폭음을 해도 일반적으로 너그럽게 봐 주었다는 둥.) 그러나 이러한 논의들은 정작 중요한 문제에서 더 멀어지는 것이다. 하기야 책의 저자는 바로 이 문제를 작심한 듯 회피하고 있다.

남녀 이사들은 이미 명성도 다 잃고 자선단체의 도움으로 연명하는 가난한 늙은 화가를 응시하고 있다. 한편 화가는 가난뱅이의 눈으로 남녀 이사들을 보고 있다. 그럼에도 불구하고 그는 객관적으로 보려고 애쓰고 있다. 말하자면 가난뱅이의 눈으로 그들을 보는 방식을 뛰어넘으려 했음이 틀림없다. 이 두 그림의 드라마는 바로 여기에 있다. '잊기 힘든 놀라운 콘트라스트' 의 드라마인 것이다.

신비화는 어떤 어휘들을 사용했느냐 하는 것과는 별 상관이 없다. 조금만 달리 보면 너무나 명백한 것을 쓸데없는 엉뚱한 설명으로 핵심을 흐려 놓는 데서 신비화는 비롯한다. 할스는 자본주의에 의해 처음으로 생겨난 새로운 인물유형들과 그들의 표정을 최초로 묘사한 초상화가다. 두 세기 후에 발자크(H. de Balzac)가 문학에서 이룬 것을 그는 회화적 언어로 해낸 것이다. 그러나 이 그림들에 대해, 권위있는 책의 저자는 화가의 업적을 다음과 같이 줄여서 이야기한다.

개성적 시각을 의연하게 지키려는 할스의 노력은 우리 시대 사람

> 들의 의식을 풍요롭게 만들어 주고, 인생에서 가장 중요한 생명력들을 아주 가까이서 볼 수 있게 해 줌으로써 우리의 감탄을 자아낸다.

바로 이것이 신비화이다.

과거를 신비화하는 것을 피하기 위해 (사이비 마르크스주의 역시 과거를 나름대로 신비화한다.) 이제 회화적 이미지에 관해 현재와 과거 사이에 존재하는 특별한 관계에 대해 검토해 보기로 하자. 우리가 현재를 아주 분명하게 볼 수 있다면, 우리는 과거에 대해 올바른 질문을 던질 수 있을 것이다.

오늘날 우리는 이전과는 전혀 다르게 과거의 미술을 본다. 말하자면 매우 다른 방식으로 본다는 얘기다.

이러한 차이는 원근법을 설명하는 용어 속에 나타나 있다. 유럽 미술 특유의 원근법의 관습은 모든 것이 관찰자의 눈에 집중된 것으로, 초기 르네상스 시대에 확립되었다. 마치 등대에서 나오는 불빛과 같은 것이다. 단지 차이가 있다면 빛이 앞쪽으로 나오는 대신 사물의 모습이 빛에 실려 온다는 점이다. 원근법의 관습에서는 사물의 이러한 모습을 **현실성(reality)**이라고 부른다. 원근법은 두 눈이 아닌 하나의 눈을 가시적 세계의 중심으로 만든다. 무한대의 소실점으로 모이듯이 모든 것이 그 눈으로 집중된다. 한때 우주가 신을 위해 정돈되어 있는 것으로 생각되었듯이, 가시적 세계는 관찰자를 중심으로 정돈된다.

원근법의 관습에 따르면 시각적 상호작용이란 존재하지 않는다. 신에게는 타인들과 자신과의 관계를 생각할 필요가 없다. 신은 그 자신이 상황 전체이기 때문이다. 이 원근법의 내적인 모순은 신과는 달리 단지 한 장소, 한 순간에만 존재하는 하나의 관찰자를 향해 현실의 모든 이미지가 정돈된다는 점에 있다.

카메라의 발명 이후 이러한 모순은 보다 분명히 드러나게 되었다.

영화 〈카메라를 든 사나이〉 스틸 사진. 지가 베르토프.

나는 하나의 눈이다. 하나의 기계적인 눈. 나, 기계는 단지 내가 볼 수 있는 방식으로만 세계를 너에게 보여 준다. 나는 앞으로 인간의 부동성(不動性)으로부터 벗어날 것이다. 나는 끊임없이 움직인다. 나는 사물들에 가까이 다가가기도 하고 멀어지기도 한다. 나는 사물들 밑으로 기어 들어갈 수도 있다. 나는 달리는 말과 나란히 같이 움직일 수도 있다. 나는 추락하고 상승하는 육체와 함께 추락하거나 상승한다. 이것이 나, 기계다. 나, 기계는 이렇게 혼란스런 움직임 속에서 작동하며, 가장 복잡하게 조합되어 있는 여러 가지 움직임을 하나하나 기록한다.

> 공간과 시간의 한계에서 벗어나 내가 원하는 대로 우주의 어떠한 점과도 연결될 수 있다. 나의 길은 세계를 다시 새롭게 지각하는 방향으로 나아가는 것이다. 이렇게 나는 당신이 알지 못하는 새로운 방식으로 세계를 설명한다.*

카메라는 사물의 순간적인 모습들을 분리시킴으로써 모든 이미지에는 시간이 없다는 관념을 깨뜨려 버린다. 달리 말하면, 카메라는 시간의 경과라는 관념을 시각적 체험으로부터 분리시킬 수 없다는 사실을 보여 준다.(그림의 경우를 제외하고는) 당신이 보는 것은 당신이 언제 어디에 있느냐에 달려 있다. 당신이 보는 것은 시간과 공간 속 당신의 위치와 관계가 있다. 모든 것이 무한대의 소실점에 모이듯이 모든 것이 인간의 눈으로 한데 모인다고 상상하는 것은 불가능해졌다.

그렇다고 해서 카메라의 발명 이전에는 모든 사람이 모든 것을 볼 수 있었다고 믿었다는 얘기는 아니다. 그러나 원근법은 마치 이상적인 것처럼 시야를 조직했다. 원근법을 사용하는 모든 소묘와 회화는 그것을 보는 사람들에게 그가 세상의 유일한 중심이라고 이야기한다. 그러나 카메라, 특히 영화 카메라는 어디에도 중심이 없다는 것을 보여 주었다.

카메라의 발명은 사람들의 보는 방식을 변화시켰다. 가시적인 것은 이제는 무언가 다른 것을 의미하게 되었다. 이 점은 즉시 회화에 반영되었다.

인상파 화가들에게 가시적인 것은 사람들이 볼 수 있도록 제시돼 있는 게 아니라, 반대로 끊임없는 유동 속에서 도망쳐 사라지는 것이었다. 입체파 화가들에게 가시적인 것은 더 이상 단일한 눈과 만나는 것이 아니라, 그들이 묘사하는 사물 또는 인물 주위의 여러 다른 각도에서 본 광경들을 한데 모은 전체를 가리켰다.

* 소련의 혁명적 영화감독인 지가 베르토프(Dziga Vertov)가 1923년에 쓴 글에서 인용.

파블로 피카소 〈버드나무 의자가 있는 정물〉.

카메라의 발명은 그것이 발명되기 훨씬 이전에 그려진 그림들을 보는 방식을 변화시켰다. 본래 그림들은 그 그림을 위해 특별히 디자인된 건물의 핵심적인 부분이었다. 사람들은 초기 르네상스 교회나 예배당 벽의 이미지들이 그 건물 내부에서 전개되었던 삶의 기록이 아닌가 하는 느낌을 받곤 한다. 그리고 그런 기록들이 현대에 와서 그 건물의 기억을 형성하고 있다는 느낌을 받는다. 이처럼 그림들은 건물의 특수성을 구성하는 핵심적인 요소이다.

모든 그림의 독자성은 그림이 걸려 있던 장소가 지닌 독자성의 한 부분이었다. 때로는 그림을 다른 데로 옮길 수도 있었다. 그러나 그 그림을 두 장소에서 동시에 볼 수는 없었다. 카메라가 어떤 그림을 복제

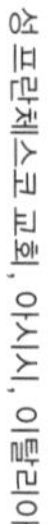

성프란체스코 교회, 아시시, 이탈리아.

하면, 그 이미지의 독자성은 파괴된다. 그 결과 그 이미지의 의미는 변화한다. 더 정확히 말하자면 의미가 여러 가지로 늘어나고 많은 의미들로 조각조각 나누어진다.

이러한 점은 그림이 텔레비전 스크린을 통해 보일 때 분명하게 드러난다. 그림은 각 관람객의 집 속으로 들어간다. 거기서 그림은 벽지와 가구와 여러 가지 추억을 담은 물건들에 에워싸인다. 그 그림은 그 가정의 분위기 속에 섞여 들어가서 가족들의 화젯거리가 되기도 한다. 그림의 의미에 그 가정의 의미가 더해진다. 동시에 그 그림은 수많은 다른 집으로 들어간다. 각각의 집에서 각기 다른 맥락 속에서 보여진다. 카메라에 의해, 관람객이 그림을 향해 가기보다는 그림이 관람객에게 온다. 이러한 이동 속에서 그 그림의 의미는 다양하게 변한다.

모든 복제는 다소간 원작을 왜곡시키는 것이기에, 따라서 원작 그림이 유일무이한 독자성을 여전히 지니고 있다고 주장할 수도 있다. 이것은 레오나르도 다 빈치(Leonardo da Vinci)의 〈동굴 속의 성모〉의 복제본이다.

레오나르도 다 빈치 〈동굴 속의 성모〉 내셔널 갤러리.

이 복제본을 본 후, 내셔널 갤러리로 원작을 보러 갈 수도 있다. 그리고 거기서 복제본에 무엇이 결여되어 있는지 발견할 수도 있다. 또 어떤 사람은 복제의 질에 대해서, 복제가 잘 됐는지, 잘 되지 않았는지에 대해선 잊어버린다. 복제의 질은 그가 원작을 보았을 때 상기될 수 있다. 원작을 보았을 때 언제 어디선가 본 적이 있는 유명한 그림이라는 점을 생각해낸다. 그러나 두 경우 모두 원작의 유일무이한 독자성은 그것이 **복제의 원작**이라는 사실에 있다. 그 이미지가 독자적인 것으로 생각되는 이유는 그 이미지가 보여 주는 것 때문이 아니다. 그 첫번째 의미는 그것이 보여 주는 것 속에서 찾을 수 있는 것이 아니라, 그것이 어떤 곳에 존재한다는 사실에 있다.

원작의 이러한 새로운 지위는 완전히 새로운 복제 수단에 따른 논리적인 결과다. 그러나 바로 이러한 지점에서 신비화의 과정이 다시 개입한다. 원작의 의미는 그것이 독자적으로 이야기하는 것 속에 있는 것이 아니라, 바로 그것이 유일무이한 존재라는 점에서 나온다. 오늘날의 문화에서 원작의 유일무이한 존재라는 것은 어떻게 평가되고 정의되는가. 원작의 가치는 그것의 희소성에 따라 정의된다. 이러한 가치는 시장에서 매겨지는 가격에 의해 확인되고 평가된다. 그러나, 그럼에도 불구하고 그것이 '예술작품' 이기 때문에 —예술은 상업보다는 더 위대한 것으로 생각되기 때문에— 시장가격은 정신적인 가치의 반영으로 간주된다. 하지만 한 물건의 정신적인 가치는 그것이 전달하려는 메시지나 예시하려는 바와는 구별되는 것으로, 마술이나 종교의 언어로만 설명될 수 있다. 그리고 근대 사회에서 마술이나 종교는 더 이상 살아 있는 힘이 아니므로 '예술작품' 은 가짜 종교성의 분위기로 포장된다. 예술작품은 마치 성물(聖物)인 것처럼 이야기되고 제시된다. 성물은 무엇보다도 그것이 소실되지 않고 살아남았다는 사실의 증거이다. 살아남은 성물이 진짜임을 증명하기 위해 그것이 본래 생겨났던 과거가 연구된다. 그리고 그러한 유래와 계보가 증명되었을 때 비로소 예술로 선언된다.

내셔널 갤러리를 방문하여 〈동굴 속의 성모〉 앞에 선 사람들은 이 그림에 대해서 이야기되고 씌어진 거의 모든 것에 의해 다음과 같은 느낌을 갖게 된다. "나는 드디어 이 그림 앞에 서 있다. 나는 이제 이 그림을 볼 수 있게 되었다. 레오나르도 다 빈치의 이 그림과 같은 것은 세상에 존재하지 않는다. 내셔널 갤러리에 있는 것이 진품이다. 이 그림을 열심히 살펴본다면, 그것이 진품임을 느낄 수 있을 것이다. 레오나르도 다 빈치의 〈동굴 속의 성모〉, 그것은 진품이며 그래서 아름답다."

이러한 느낌을 순진하다고 무시해 버리는 것은 잘못이다. 왜냐하면 이 느낌이야말로 소위 미술전문가라고 하는 사람들의 세련된 문화에 들어맞는 것이다. 내셔널 갤러리의 카탈로그는 바로 이런 전문가들에 의해 씌어진 것으로, 거기에서 〈동굴 속의 성모〉에 관한 설명이 가장 길다. 아주 빽빽하게 채워진 열네 페이지로 구성되어 있다. 그런데도 그 설명은 작품의 이미지가 주는 의미에 대해서는 이야기하고 있지 않다. 단지 그 그림을 누가 그리도록 주문했고, 그림을 둘러싼 법적인 분쟁이 무엇이며, 누가 그 그림을 소유했는지, 그 시기는 대략 어떻게 되는지, 그림을 소유했던 가문들은 누구였는지에 관한 이야기만 하고 있다. 이러한 정보들은 오랜 기간의 조사로 얻어진 것이다. 조사의 목적은 의심할 여지 없이 이 그림이 레오나르도 다 빈치의 진짜 작품임을 증명하기 위한 것이다. 두번째 목적은 루브르 박물관에 있는 이와 동일한 제목의 작품이 내셔널 갤러리에 있는 작품의 복제본임을 증명하기 위한 것이다.

내셔널 갤러리.

레오나르도 다 빈치 〈동굴 속의 성모〉 루브르 박물관.

프랑스 미술사학자들은 이와 반대되는 사실을 증명하려고 애쓴다.

레오나르도 다 빈치 〈성 안나와 성모와 아기 예수와 세례 요한〉.

내셔널 갤러리는 다 빈치의 〈성 안나와 성모와 아기 예수와 세례 요한〉의 소묘 복제본을 다른 소장품의 어떤 그림보다도 많이 판매하고 있다. 몇 년 전만 해도 그 소묘는 학자들만 알고 있었다. 그런데 한 미국인이 이백오십만 파운드에 그것을 사려고 하자 갑자기 유명해졌다.

현재 그 그림은 특별히 마련된 방에 걸려 있다. 그 방은 예배당과 비슷하다. 그 소묘는 방탄 유리장 안에 놓여 있다. 그것은 새로운 종류의 감동을 주는 것처럼 보이게 되었는데, 이는 그 이미지가 보여 주는 것, 그 이미지가 지닌 의미 때문이 아니다. 그 작품이 감동적이고 신비스러워진 것은 시장가격 때문이다.

이 원작을 둘러싸고 있는 가짜 종교성은 궁극적으로 그 작품의 시장가격에 달려 있는 것으로, 카메라에 의해 그림이 복제 가능해졌을 때 그 그림이 상실한 것을 대신한다. 그것의 기능은 과거에 대한 향수이다. 소수의 세력가가 지배했던 과거의 비민주적 문화의 지속적인 가치를 공허하게 부르짖는 최후의 요청이다. 만약 이미지가 더 이상 배타적 독자성을 지닐 수 없다면, 물건으로서의 미술작품은 신비스러운 방식으로 그렇게 되어야만 하는 것이다.

대부분의 사람들은 미술관을 찾지 않는다. 다음의 표는 미술에 대한 관심이 특권적인 교육과 얼마나 밀접한 관계를 맺고 있는지 보여 준다.

교육 수준에 따른 미술관 방문객의 국가별 비율: 각 교육 수준별 미술관 방문율.

	그리스	폴란드	프랑스	네덜란드		그리스	폴란드	프랑스	네덜란드
무학력	0.02	0.12	0.15	-	중등교육	10.5	10.4	10	20
초등교육	0.30	1.50	0.45	0.50	고등교육 이상	11.5	11.7	12.5	17.3

출처: Pierre Bourdieu and Alain Darbel, *L'Amour de l'Art*, Editions de Minuit, Paris, 1969 중 부록 5, 표 4.

대부분의 사람들은 미술관이 그들이 이해할 수 없는 신비에 대해 이야기하는 성물(聖物)들로 가득 차 있음을 아주 당연하게 생각한다. 그 신비감이란 사실 헤아릴 수 없는 부(富)이다. 다른 식으로 말하자면, 대중들은 진품 걸작이란 물질적인 측면뿐 아니라 정신적인 측면에서도 부자들에게 속하는 것으로 생각한다. 또 다른 표는 각각의 사회 계급마다 미술관을 어떤 곳으로 생각하는지 알려 준다.

다음에 열거된 장소 중에서 미술관이 가장 생각나게 하는 장소는?

	육체 노동자	숙련, 사무직 노동자	전문직, 고위 경영직
	%	%	%
교회	66	45	30.5
도서관	9	34	28
강연장	-	4	4.5
백화점이나 공공건물의 로비	-	7	2
교회와 도서관	9	2	4.5
교회와 강연장	4	2	-
도서관과 강연장	-	-	2
이들 중 아무것도 아님	4	2	19.5
무응답	8	4	9
	100(n=53)	100(n=98)	100(n=99)

출처: 위의 책. 부록 4, 표 8.

회화작품이 복제되는 시대에 그림의 의미는 더 이상 그것에 부착되어 있는 것이 아니다. 그 의미는 이제 다른 곳으로 전달될 수 있는 것이 되었다. 말하자면 일종의 정보가 되어 다른 모든 정보와 마찬가지로 써먹을 수도 있고, 무시될 수도 있게 되었다. 정보는 그 자체 안에 특별한 권위를 지니지 않는다. 만약 그림이 정보처럼 사용된다면 그 의미는 수정되거나 전적으로 바뀌게 된다. 이것이 무엇을 의미하는지 명확히 해야 할 것이다. 이는 복제가 한 이미지의 어떤 측면을 충실하게 재생하는 데 실패했느냐 성공했느냐 하는 문제가 아니다. 그것은 복제가 그러한 것을 가능하게 하느냐, 또는 불가피하게 그렇게밖에 할 수 없느냐 하는 문제이다. 한 이미지는 여러 가지 다른 목적에 쓰일 수 있으며, 복제된 이미지는 원작과 다르게 어디에도 써먹을 수 있다. 복제된 이미지가 이러한 용도로 쓰이고 있는 몇 가지 방식을 살펴보자.

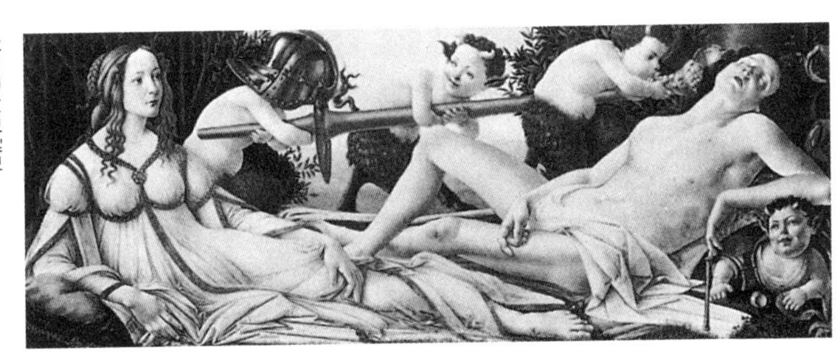
산드로 보티첼리 〈비너스와 마르스〉.

복제된 그림에서는 전체에서 한 부분을 따로 떼어낼 수 있다. 그러면 그 부분은 변형된다. 알레고리적 인물이 소녀의 초상으로 바뀐다.

그림이 영화 카메라로 복제되었을 때 그것은 영화 제작자가 이야기하고자 하는 바를 위한 자료가 된다.

한 그림 이미지를 복제한 영화는 관객들을 그 그림을 통해 영화를 제작한 사람의 개인적인 사고로 인도해 간다. 그 그림은 영화 제작자에게 작품의 권위를 빌려 준다.

이는 영화가 시간 속에 전개되는 반면 그림은 그렇지 않기 때문이다.

영화 속에서 한 이미지가 다른 이미지 다음에 나오고 그것들이 연속되면 그 순서를 뒤집을 수 없는 하나의 이야기로 구성된다.

그림의 모든 요소들은 동시에 보이도록 그려졌다. 그림을 보는 사람은 그림의 각 요소를 검토하는 데 시간이 걸린다. 그러나 어떤 결론에 도달하든 간에 그림 전체의 동시성은 변하지 않는 것이어서, 뒤바꾸거나 결론을 다시 내릴 수 있다. 그림은 자체의 권위를 잃지 않는다.

피터르 브뤼헐 〈골고다 언덕으로 가는 행렬〉.

그림은 흔히 그 주변에 있는 단어들과 함께 복제된다.

이것은 새가 날아오르고 있는 밀밭의 풍경이다. 잠시 들여다보고 다음으로 넘어가자.

빈센트 반 고흐 〈밀밭의 까마귀〉.

빈센트 반 고흐 〈밀밭의 까마귀〉.

This is the last picture that Van Gogh painted before he killed himself.

이 작품은 반 고흐가 자살하기 전에 마지막으로 그린 그림이다.

말이 이미지를 어떤 식으로 변화시키는지 정확하게 설명하기는 힘들지만 어쨌든 이미지를 변화시킨다. 이미지는 이제 문장을 시각적으로 보여 주는 예가 된다.

이 책에 복제된 이미지는 그림 본래의 독립적인 의미와는 아무 상관없는 논의의 한 부분이다. 여기에서 말들은 그 언어적인 권위를 보다 확실히 하기 위해 그림을 인용하고 있는 것이다. (이 책에서 글이 없는 장들을 보면 이 점을 보다 분명히 알 수 있을 것이다.)

복제된 그림들은 모든 다른 정보와 마찬가지로 끊임없이 전달되기 위해 다른 정보들과 경쟁해야만 한다.

and the Labour Party

STEPHEN JOHNS

MASS UNEMPLOYMENT is the reality facing the Clyde. This will mean poverty and degradation for thousands of workers and their families.

Going at £1,680,000 'It will fit perfectly over my fireplace...'

British tea planters shot by Khan's troops

Bridge contract

Subject and significance in Titian's Death of Actaeon

그 결과 복제는, 그 원작의 이미지가 어떠한 것인지 보여 줌과 동시에 다른 이미지에 대한 참고사항이 된다. 한 이미지의 의미는 바로 그 옆에, 또는 바로 그 다음에 무엇이 오느냐에 따라서 변하게 된다. 그리하여 이미지가 간직한 권위는 그것이 등장하는 전체에 배분된다.

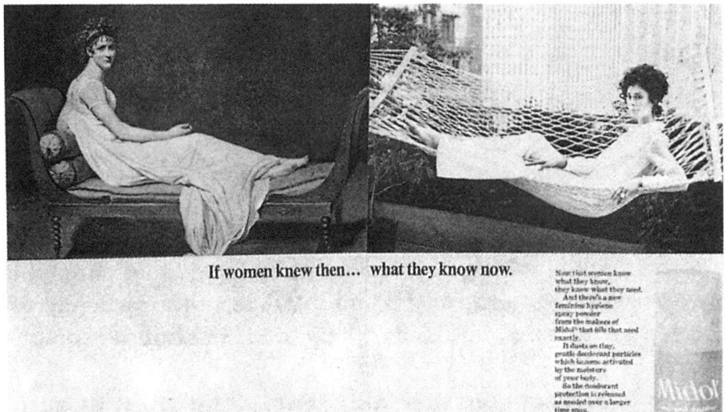

미술작품은 복제 가능한 것이기 때문에 이론적으로는 누구나 그것을 사용할 수 있다. 그러나 대부분의 경우 ―미술서적, 잡지, 영화, 또는 거실의 금빛 액자 속에서― 여전히 아무것도 변화하지 않았다는 환상을 유지하기 위해 복제는 계속 사용된다. 미술이란 그것이 지닌 유일무이한 변함없는 권위를 통해 다른 형태의 권위를 정당화시켜 주는 역할을 한다. 미술은 불평등을 고상한 것으로 보이게 하고, 위계질서를 짜릿한 긴장감을 주는 것으로 만든다. 소위 국가의 문화유산이라는 개념은 현대의 사회 시스템과 그것이 우선적으로 중요시하는 것을 찬양하기 위해서 미술의 권위를 이용하는 것이다.

복제 수단은 정치적으로나 상업적으로, 복제로 인해서 존재 가능하게 된 모든 것을 위장하고 나아가 부정하는 데 사용된다. 하지만 종종 개인들은 복제 수단을 다른 식으로 사용한다.

어른이든 아이든 종종 침실이나 거실에 판때기를 걸어 놓고 거기에 종이들, 그러니까 편지나 사진, 복제화, 신문 기사의 스크랩, 원화, 엽서 등을 붙여 놓곤 한다. 각각의 판때기에 붙어 있는 모든 이미지는 동일한 어떤 언어에 속하고, 그 언어 안에서 어느 정도 동일하다. 왜냐하면 그것들은 방 주인의 경험에 맞춰, 그 경험을 표현하기 위해 대단히 개인적인 방식으로 선택된 것들이기 때문이다. 논리적으로 보면, 이러한 판때기는 박물관을 대체한다.

이와 같은 식으로 우리는 무슨 말을 하려는 것일까. 먼저 우리가 말하지 않은 것부터 분명히 밝혀 두자.

우리는 원작을 보고 느끼는 경험이라는 것이, 그 작품이 지금까지 없어지지 않고 살아남았다는 사실에서 느껴지는 경외감 이외에는 아무것도 없다고 말하고 싶지는 않다. 원작에 다가갈 수 있는 일반적인 방식들—박물관 카탈로그나 안내 책자 또는 박물관 입구에서 원하는 관람객에게 대여하는 안내용 녹음테이프 등—이 있지만, 그것들만이 유일한 방식은 아니다. 과거의 미술을 더 이상 과거에 대한 향수의 감정으로 바라보지 않을 때, 그 작품은 단순히 성스러운 유물 이상의 의미를 지닌다. 비록 복제시대 이전에 그 작품들이 지녔던 본래의 위상을 되찾는 일은 절대로 없겠지만, 그렇다고 해서 이제는 원작이 전혀 쓸모없는 것이라고는 말하고 싶지 않다.

얀 페르메이르 〈우유를 붓는 여인〉.

원작에는 그 그림에 대한 어떠한 정보를 통해서도 느낄 수 없는 침묵과 고요함이 있다. 심지어 벽에 걸린 복제물도 이 점에서는 원작을 따라갈 수 없는데, 왜냐하면 원작이 지닌 침묵과 고요함이라는 것은 실제 물질 즉 물감에 스며 있어서, 보는 이는 그 물질성을 통해 화가의 몸짓이 남긴 흔적을 따라가 볼 수 있기 때문이다. 덕분에 화가가 그림을 그렸던 시점과 누군가 그 그림을 바라보는 시점 사이의 시간적 거리가 줄어드는 효과가 생겨난다. 이런 특별한 의미에서 모든 회화는 동시대적이고, 따라서 작품이 증언하는 내용도 즉각적인 것이라고 할 수 있다. 작품이 보여 주는 역사적 순간이 말 그대로 우리 눈앞에 있는 것이다. 세잔(P. Cézanne)이 화가의 입장에서 비슷한 이야기를 한 적이 있다. "세상의 삶에서 한순간이 지나간다! 그 순간을 있는 그대로 그리고 나머지는 모두 잊어버리는 것! 바로 그 순간이 되고, 예민한 감광판(感光板)이 되는 것… 우리가 본 것을 이미지로 남기고, 우리 시대 전에 나타났던 것들은 모두 잊어버리는 것…." 그림에 그려진 순간이 눈앞에 바로 나타났을 때 그것을 어떻게 그리느냐 하는 것은 우리가 미술에서 무엇을 기대하고 있는가에 달려 있고, 그러한 기대는 우리가 복제를 통해서 체험한 그림들의 의미가 어떤 것이었느냐에 달려 있다.

그렇다고 모든 미술이 저절로 이해될 수 있다고 말하고 싶은 것은 아니다. 누군가 잡지에서 자신의 개인적 경험을 떠올리게 하는 고대 그리스 두상의 복제 사진을 오려, 판때기에 아무런 공통점도 없는 다른 이미지들 옆에 붙여 놓는다고 해서 그 두상의 의미를 온전히 알게 된다고 주장하는 것은 아니다.

결백이라는 개념에는 두 가지 얼굴이 있다. 어떤 음모에 가담하기를 거부하는 사람은 그 음모에 대해 결백하다. 하지만 이 경우 결백하다는 것은 또한 아무것도 모르는 상태에 있다는 뜻이기도 하다. 문제는 결백과 지식(혹은 자연적인 것과 문화적인 것)의 구분이 아니라, 예술을 경험의 모든 측면과 관련시켜 보는 총체적인 접근방식과, 지배계급의 몰락을 아쉬워하며 이들에게 봉사하는 지식분자인 몇몇 전문가들의 비교주의적(秘敎主義的) 접근을 구분하자는 것이다. (여기에서 몰락이란 프롤레타리아 앞에서의 몰락이 아니라 거대기업과 국가라는 새로운 힘 앞에서의 몰락이다.) 진정한 문제는 '과거 미술의 의미가 마땅히 누구에게 속해야 하는가' 이다. 그 의미를 자신의 삶에 그대로 적용할 수 있는 지배계급 사람들인가, 아니면 과거의 유물 전문가들이라는 문화적 위계질서에 의해서 정의되는 사람들인가.

시각예술은 언제나 어느 정도의 보호영역 안에서 존재해 왔다. 본래 그 영역은 신비스럽고 성스러웠다. 하지만 그 영역은 물질적이기도 했다. 작품은 어떤 장소, 동굴이나 건물 그 안에, 혹은 그곳을 위해 그려졌다. 최초에는 제의(祭儀)의 경험이었던 예술적 경험은 삶의 나머지 부분과는 분리된, 정확하게는 그 나머지 부분을 지배하려는 목적으로 행해진 것이었다. 나중에 예술의 보호영역은 사회적인 영역이 된다. 지배계급의 문화 속에 편입되는 사이 물질적으로는 궁전이나 저택 안에 고립되어 따로 존재하게 된 것이다. 이런 역사 내내 예술의 권위는 그 보호영역이 가지는 특정한 권위와 분리되지 못했다.

현대의 복제 기술이 해낸 것은 예술의 권위를 파괴하고 예술을 —혹은 새로운 기술로 복제한 예술 이미지를— 그 어떤 보호영역으로부터 떼어낸 일이다. 역사상 처음으로 예술 이미지가 순간적이며, 도처에 존재하고, 실체가 없으며, 어디서나 얻을 수 있고, 무가치하며, 자유로운 것이 되었다. 이제 예술 이미지는 마치 언어처럼 우리 주위를 둘러싸고 있다. 예술 이미지는 삶의 주류에 합류했는데, 이제 예술 자체의 힘만으로는 더 이상 삶을 지배할 수 없게 된 것이다.

하지만 이런 변화를 인식하는 사람은 거의 없다. 복제 수단은, 이제 대중들도 그런 복제 덕분에 한때 문화적 혜택을 받은 소수들만 누릴 수 있었던 예술을 향유할 수 있게 되었다는 사실만 제외하고는, 여전히 아무것도 바뀌지 않았다는 환상을 끊임없이 선전하기 때문이다. 이런 까닭에 대중은 여전히 무관심하고 회의적인 상태로 남아 있다.

이미지의 새로운 언어를 다르게 사용할 수 있다면, 이를 통해 새로운 힘을 얻을 수 있다. 그 새로운 언어를 통해 말로는 설명할 수 없는 영역의 경험들을 더 정확하게 정의할 수 있을 것이다. (말 이전에 보는 행위가 있다.) 이때 경험이란 개인적 경험뿐 아니라, 과거에 대한 우리의 관계라는 본질적인 역사적 경험을 말한다. 즉, 우리 삶의 의미를 찾으려고 노력하는 경험, 우리 자신이 능동적인 주체가 될 수 있는 그런 역사를 이해해 보려고 노력하는 경험 말이다.

과거의 예술은 더 이상 과거의 형태로 존재하지 않는다. 권위는 사라지고, 그 자리에 이미지의 언어가 들어섰다. 이제 중요한 것은 그 언어를 누가 어떤 목적으로 사용하는가 하는 것이다. 그리고 그 질문은 복제본의 저작권 문제, 미술 매체와 출판사의 소유권 문제, 공공 미술관이나 박물관의 정책 같은 문제로 이어진다. 일반적으로 이런 문제들은 극히 작은 전문적인 문제인 것처럼 보이는데, 이 책의 목적 중 하나는 현재의 위기가 훨씬 광범위하다는 것을 보여 주는 데 있다. 스스로의 과거와 단절된 개인이나 계급은 역사 속에서 자신의 위치를 찾을 수 있는 개인이나 계급에 비해, 선택이나 행동을 함에 있어 훨씬 덜 자유롭다. 바로 그 점이 과거의 예술 전체가 이제 정치적 문제가 된 이유—단 하나의 이유—이다.

이 첫장에 담긴 많은 생각들은 사십여 년 전 독일의 평론가이자 철학자인 발터 베냐민(Walter Benjamin)이 쓴 글에서 빌려 왔다.

그가 쓴 글의 제목은 「기계 복제 시대의 미술작품(The Work of Art in the Age of Mechanical Reproduction)」이며, 영어권에서는 선집 『일루미네이션(Illumination)』(Cape, London, 1970)에 실려 있다.

2

21

MATCH
PHOTO DE LA SEMAINE
LA ROBE A TENU BON. LE SOURIRE AUSSI.

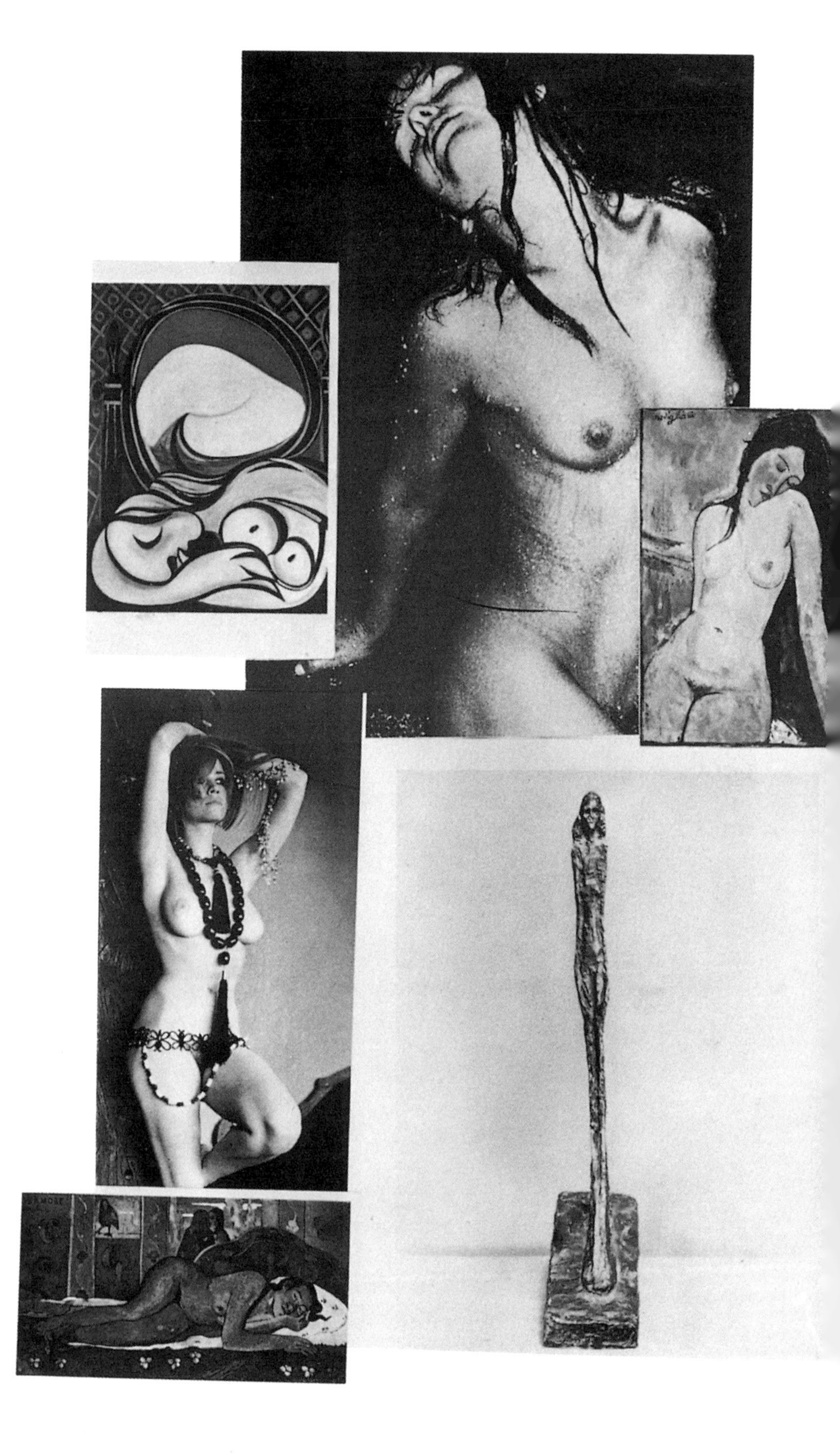

New Ladder-Stops
give up to
25% more wear
even in your sheerest
seamfree stockings
Almay's new lipsticks are a blaze of frosted colour.
But that's only half the story.
ALMAY

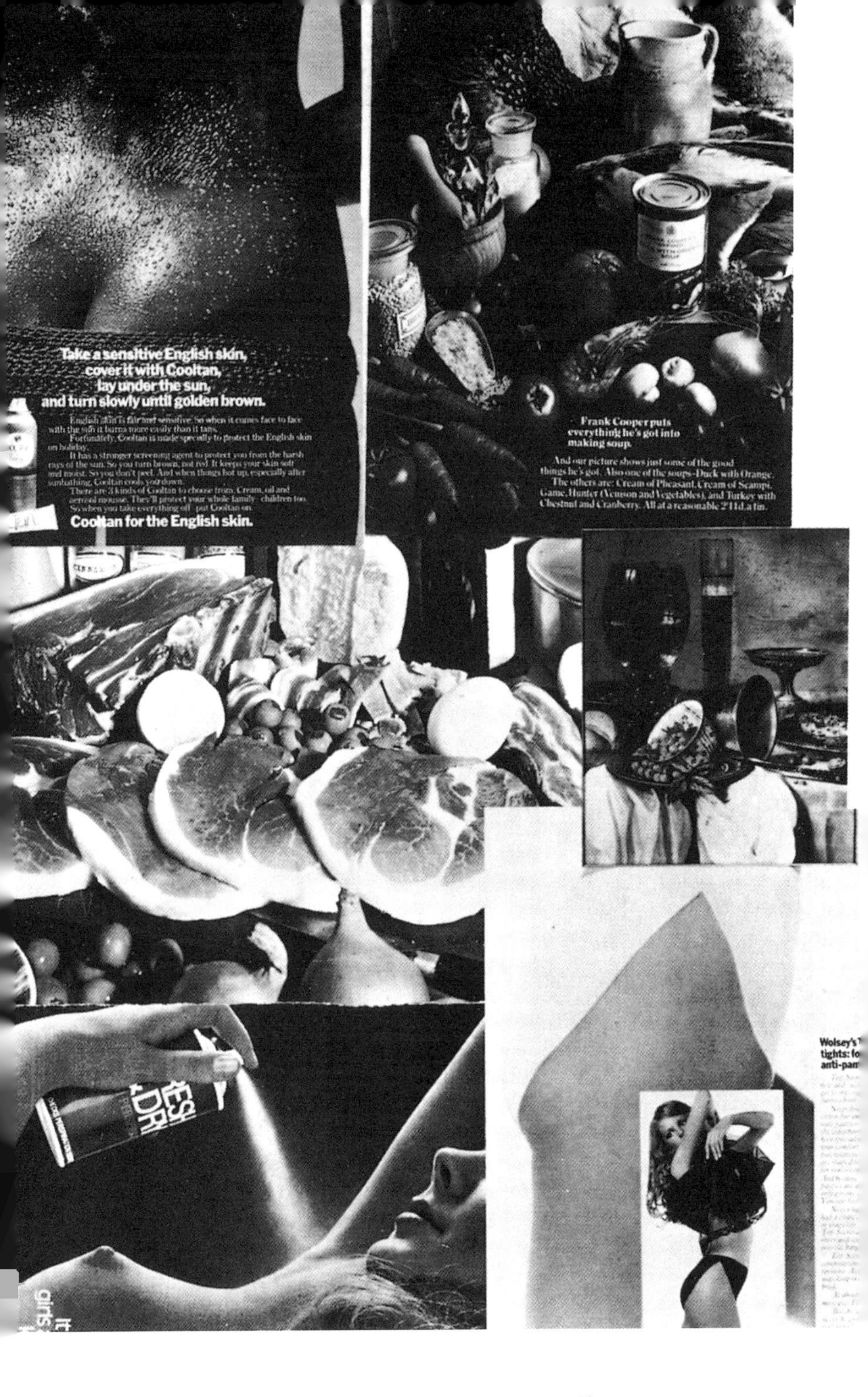
Take a sensitive English skin,
cover it with Cooltan,
lay under the sun,
and turn slowly until golden brown.
English skin is fair and sensitive. So when it comes face to face with the sun it burns more easily than it tans.
Fortunately, Cooltan is made specially to protect the English skin on holiday.
It has a stronger screening agent to protect you from the harsh rays of the sun. So you turn brown, not red. It keeps your skin soft and moist. So you don't peel. And when things hot up, especially after sunbathing, Cooltan cools you down.
There are 3 kinds of Cooltan to choose from. Cream, oil and aerosol mousse. They'll protect your whole family - children too. So when you take everything off - put Cooltan on.
Cooltan for the English skin.
Frank Cooper puts everything he's got into making soup.
And our picture shows just some of the good things he's got. Also one of the soups-Duck with Orange.
The others are: Cream of Pheasant, Cream of Scampi, Game, Hunter (Venison and Vegetables), and Turkey with Chestnut and Cranberry. All at a reasonable 2/11d. a tin.
Wolsey's

Next
to myself
I lik
Vedo
Obtainable at Self

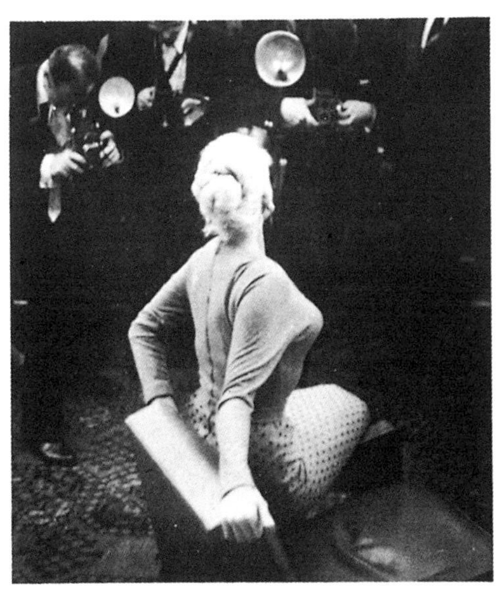

3

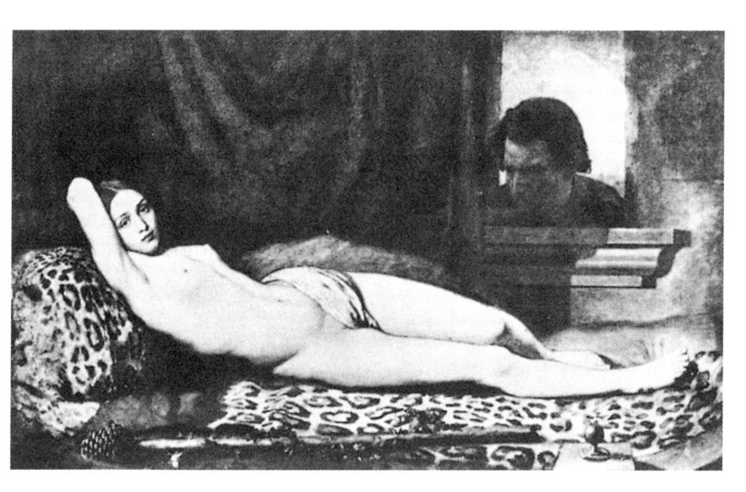

펠릭스 트루타 〈누워 있는 바쿠스 여신〉.

결국 문제시되기만 했을 뿐 아직도 말끔하게 청산되거나 극복되었다고 할 수 없는 오래된 관습이나 관행에 따르면, 사회적으로 드러나는 여자의 존재는 남자의 경우와는 다르다. 남자의 사회적 존재는, 그가 소유하고 있다고 생각되는 능력으로부터 우리가 무엇을 기대할 수 있느냐에 따라 결정된다. 만약 우리가 그에게 많은 것을 기대할 수 있고 그럴 만하다고 생각되면, 그의 존재는 아주 중요하고 커다란 비중을 갖게 된다. 그러나 그의 능력이 보잘것없거나 의심이 가는 것이라면 그의 존재는 곧 별 볼일 없는 것이 되고 만다. 이때 그 남자가 지녔다고 생각되는 능력은 정신적인 것일 수도 육체적인 것일 수도 있으며, 성격적 경제적 사회적 또는 성적인 것일 수도 있다. 그러나 이러한 능력으로 얻을 수 있는 대상은 늘 그 사람의 외부에 존재한다. 달리 말해 한 남자의 존재감은 그가 당신을 위해 무엇을 해 줄 수 있느냐 하는 것을 시사한다. 이러한 존재감은, 그가 할 수 없는 것을 할 수 있는 척하는 경우, 가짜로 만들어진 허위의 것일 수도 있다. 그러나 이러한 위장도 결국 그가 다른 사람에게 행사할 수 있는 하나의 능력에 관한 것이다.

이와 반대로 한 여자가 드러내는 사회적 존재는 그녀가 자기 자신에 대해 어떤 태도를 취하는지 분명하게 보여 준다. 그 여자의 존재는 그녀의 몸짓, 목소리, 의견, 표정, 옷차림새, 그녀가 선택하는 장소나 환경, 기호나 취향 등, 그녀를 구성하는 여러 가지 요소들이 한데 모여서 이루어진 것이다. 한 여자의 사회적 존재, 즉 그녀가 타인 앞에 실제로 어떤 모습으로 나타나느냐 하는 것은 그녀에게 거의 본질적인 것이어서, 일종의 체온이나 체취 또는 분위기처럼 그녀의 몸에서 직접 발산되는 것으로 생각된다.

여자로 태어난다는 것은 주어진 한정된 공간에서, 남자들의 보호, 관리 아래 태어난다는 것을 의미했다. 여자들의 사회적 존재는 이렇게 제한된 공간 안에서 보호, 관리를 받으며 그 여자들 나름으로 살아남으려고 머리 쓰고 애쓴 결과로 이룩된 것이다. 그러나 그 대가를 치르기 위해 그녀의 자아는 찢겨 두 갈래로 갈라진다. 즉 여자는 거의 계속해서 스스로를 늘 감시하고 감독해야 한다는 말이다. 스스로 갖고 있는 자신의 이미지는 항상 그녀를 뒤따라 다닌다. 방을 가로질러 갈 때, 또는 아버지가 사망하여 울 때도 그녀는 걸어가거나 울고 있는 자신의 모습을 머릿속에 떠올리지 않을 수 없다. 아주 어린 시절부터 그녀는 자기 자신을 끊임없이 감시하도록 교육받고 설득당해 왔던 것이다.

그리하여 결국 그녀는 한 여자로서의 정체성이 이렇게 **감시하는** 부분과 **감시당하는** 부분이라는, 서로 분명히 구별되는 두 구성요소로 이루어져 있다고 생각하게 된다.

그녀는 자기 존재의 모든 면과 자기가 하는 모든 행동을 늘 감시해야 한다. 왜냐하면 그녀가 타인에게 어떻게 보이느냐 하는 것이, 그리고 궁극적으로는 남자들에게 어떻게 보이느냐 하는 것이, 그녀 인생의 성공 여부가 걸려 있는 가장 중요한 사항이라고 일반적으로 생각되기 때문이다. 한 여자가 자기 스스로의 존재에 대해 갖는 생각은 이렇게 타인에게 평가받는 자기라는 감정으로 대체된다.

남자들은, 여자들을 대하기에 앞서 우선 여자들을 살펴본다. 따라서 여자가 남자에게 어떻게 보이느냐 하는 것이 결국 어떻게 대접받을지를 결정짓는 것이다. 이러한 과정에 조금이라도 관여하려면, 여자들은 이 과정을 자기 나름으로 받아들여 내면화해야 한다. 그리하여 여자의 자아에서 감시자의 역할을 하는 부분은 감시당하는 부분에 대해, 그 여자의 자아 전체가 타인들로부터 어떻게 대접받고 싶어하는지를 가르쳐 준다. 이렇게 여자는 자기 자신이 어떻게 대접받는지에 따라 사회에서 그녀가 어떻게 존재하느냐가 정해지는 것이다. 모든 여자들은 자신의 모습에서 어떤 것이 허용되고 어떤 것이 허용되지 않는지를 결정하는 규제의 지배를 받는다. 직접적인 목적이나 동기가 어떻든 간에 그 여자의 행동거지 하나하나는 그녀가 어떤 식으로 대접받기를 원하는지를 말해 주는 일종의 표지(標識)로 읽을 수 있다. 만약 한 여자가 마룻바닥에 유리잔을 내동댕이치면, 이는 그 여자가 자신의 감정을 어떻게 처리하는지 보여 주는 하나의 예시가 된다. 동시에 이런 행동은 그 여자가 타인들에게 어떻게 대접받고 싶어 하는지를 알려 주는 표지인 것이다. 만약 남자가 이와 동일한 행동을 하면 그의 행동은 분노의 표현으로만 읽힐 뿐이다. 만약 여자가 재미있는 농담을 하면, 그것은 농담에 대한 그녀의 태도와 농담 잘하는 여성으로서 그녀 자신이 타인들로부터 어떻게 대접받기를 바라는가에 대한 표지가 된다. 단지 남자만이 그저 재미있는 짓거리로 농담 그 자체를 즐길 수 있다.

이러한 이야기를 단순화하면 이렇게 말할 수 있을 것이다. **남자들은 행동하고 여자들은 자신들의 모습을 보여 준다.** 남자는 여자를 본다. 여자는 남자가 보는 그녀 자신을 관찰한다. 대부분의 남자들과 여자들 사이의 관계는 이런 식으로 결정된다. 여자 자신 속의 감시자는 남성이다. 그리고 감시당하는 것은 여성이다. 그리하여 여자는 그녀 자신을 대상으로 바꿔 놓는다. 특히 시선의 대상으로.

여자가 가장 중요한 주제로 끊임없이 반복해서 등장하는 유럽 유화의 한 범주가 있다. 바로 누드화다. 유럽 회화의 누드화 속에서 우리는 여자들이 일종의 구경거리로 보여지고 판단되는 몇몇 기준과 관습들을 발견할 수 있다.

이 누드화의 전통에서 최초의 누드는 아담과 이브를 그린 것이다. 구약성서 「창세기」에 나오는 이야기를 언급할 필요가 있다.

> 그 나무를 본즉 먹음 직도 하고 보암 직도 하고 지혜롭게 할 만큼 탐스럽기도 한 나무인지라, 여자가 그 열매를 따 먹고 자기와 함께 있는 남편에게도 주매 그도 먹은지라.

> 이에 그들의 눈이 밝아져 자기들이 벗은 줄을 알고, 무화과나무 잎을 엮어 치마로 삼았더라. …여호와 하나님이 아담을 부르며 그에게 이르시되 "네가 어디 있느냐?" 가로되 "동산에서 하나님의 소리를 듣고, 제가 벗었으므로 두려워 숨었나이다." …

또 여자에게 이르시되 "내가 너에게 임신하는 고통을 크게 더하리니 네가 수고하고 자식을 낳을 것이며, 너는 남편을 원하고 남편은 너를 다스릴 것이니라."

이 이야기에서 놀라운 점은 무엇일까. 두 사람이 벌거벗었다는 사실을 의식하게 된 것은, 사과를 먹은 결과 그 이전과는 다르게 서로를 보게 되었기 때문이다. 즉 벌거벗었다는 것이 보는 사람의 마음속에 새롭게 생겨난 것이다.

두번째로 놀라운 것은 여자가 잘못을 저질렀다고 비난받고 남자에게 종속되는 벌을 받게 되었다는 점이다. 여자와의 관계에서 남자가 신의 대리인이 된 것이다.

중세기에 이 이야기는 만화처럼 연속되는 장면들의 그림으로 자주 표현되었다.

랭부르 형제 〈에덴의 동산: 유혹, 멸망, 추방〉 십오세기 초.

르네상스기에 이르자 이야기의 줄거리를 연속적인 장면으로 그리는 방식은 사라지고, 벌거벗었음을 의식하고 수치심을 느끼는 한 순간만 그려진다. 아담과 이브는 무화과나무 잎을 걸치거나 손으로 수줍게 몸을 가린다. 하지만 그 수치심은 서로에 대해 느끼는 것이라기보다는 그들의 모습을 보는 관객과의 관계에서 느끼는 것이다.

마부제 〈아담과 이브〉 십육세기 초.

시간이 지나자 수치심도 거리낌없이 과시할 수 있는 것이 된다.

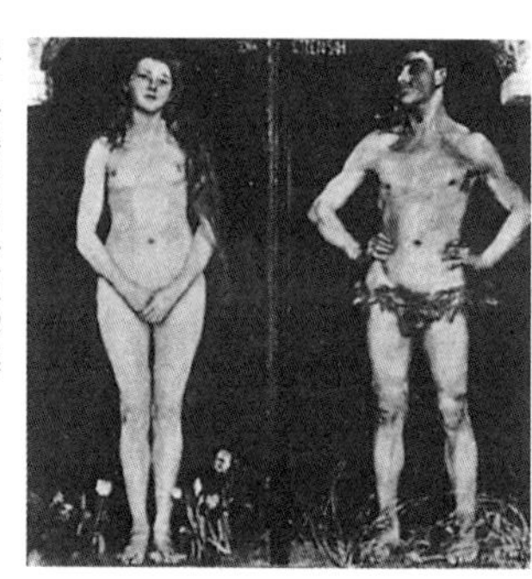
막스 슬레포크트 〈남녀 한 쌍〉.

속옷 광고.

회화의 전통이 좀 더 세속적으로 되면서, 다른 테마들에서도 누드를 그릴 수 있는 기회가 생겼다. 하지만 그런 작품들의 주제인 여성은 모두 자신의 벌거벗은 몸을 관객들이 보고 있다는 것을 의식하고 있다.

그녀는 그냥 벌거벗은 게 아니다.

그녀는 관객이 보고 있다는 것을 알고 있는 상태로 벌거벗고 있다.

가끔 —〈수잔나와 장로들〉과 같이 인기 있는 주제를 다룬 그림에서는— 위에서 말한 것과 같은 내용 자체가 그림의 테마가 되기도 한다. 우리는 그림 속에서 목욕하는 수잔나를 훔쳐보는 노인들에 합류하여 그들과 마찬가지로 그녀의 벗은 몸을 훔쳐보게 된다. 한편 수잔나는 자신을 훔쳐보는 우리를 돌아본다.

자코포 틴토레토 〈수잔나와 장로들〉.

같은 주제를 다룬 틴토레토(J. Tintoretto)의 작품에서 수잔나는 거울에 비친 자신의 모습을 쳐다본다. 그러면서 그녀는 자신을 훔쳐보는 관객 무리에 합류한다.

자코포 틴토레토 〈수잔나와 장로들〉.

거울은 종종 여자의 허영을 상징하는 물건으로 이용된다. 하지만 그런 식으로 그림에 도덕적 의미를 부여하려는 것은 위선적이다.

한스 멤링 〈허영〉.

화가가 벌거벗은 여성을 그린 이유는 벌거벗은 그녀를 바라보는 것이 즐거웠기 때문이다. 그러나 여자의 손에 거울을 쥐어 주고 그림 제목을 **허영**이라고 붙임으로써, 사실상 자신의 즐거움 때문에 벌거벗은 여자를 그려 놓고는 이를 도덕적으로 비난하는 시늉을 하는 것이다.

사실 거울의 진정한 기능은 다른 데 있다. 거울은 무엇보다도 여자가 스스로를 하나의 구경거리로 대하는 데 동의하는 것처럼 만들어 준다.

파리스의 심판은 벌거벗은 여자를 쳐다보는 남자 혹은 남자들의 겉으로 드러나지 않는 생각을 보여 주는 또 다른 테마다.

루카스 크라나흐 〈파리스의 심판〉.

하지만 이제, 여기에는 또 다른 요소가 추가되어 있다. 바로 판정이라는 요소이다. 파리스는 자신이 가장 아름답다고 생각하는 여자에게 사과를 상으로 준다. 그런 식으로 아름다움은 경쟁적인 것이 된다. (오늘날 파리스의 심판은 미인 선발대회가 되었다.) 아름답다는 판정을 받지 못한 사람은 **아름답지 않은** 사람이 되고, 아름답다는 판정을 받은 사람은 상을 받는다.

페테르 루벤스 〈파리스의 심판〉.

상은 다름 아니라 바로 심판자에게 소유되는 것, 즉 그가 이용할 수 있는 대상이 되는 것이다. 찰스 이세(Charles II)는 렐리(P. Lely)에게 은밀히 그림을 그리게 했는데, 이 작품은 전통적으로 흔히 볼 수 있는 아주 전형적인 이미지다. 보통은 비너스와 큐피드였을 것이다. 사실 이 작품은 왕의 정부들 가운데 하나인 넬 그윈의 초상화다. 그녀는 자신의 벌거벗은 몸을 응시하는 관객을 수동적으로 쳐다본다.

피터 렐리 〈넬 그윈〉.

하지만 벌거벗은 몸은 그윈 본인의 감정을 표현하는 것이 아니다. 자기를 소유한 사람(즉 여인과 그림 둘 다를 소유한 사람)의 감정 혹은 요구에 복종한다는 표시인 것이다. 왕이 다른 사람들에게 이 그림을 보여 줄 때, 왕은 이를 여인의 복종의 증거로서 자랑하고, 그 그림을 보는 손님들은 왕을 부러워하게 된다.

비유럽권의 전통문화—인도, 페르시아, 아프리카, 아메리카 인디언 등의 미술—에서는 벌거벗은 여자가 그렇게 반듯이 누워 있지 않다는 점은 눈여겨볼 만하다. 그런 전통문화에서는, 성적 유혹이라는 주제를 표현할 때 두 사람 사이의 적극적인 성애(性愛)를 보여 주는데, 여자도 남자만큼 적극적이며, 두 사람의 행동이 서로를 끌어당긴다.

인도 라자스탄의 그림. 십팔세기.

〈비슈누와 락슈미〉 십일세기.

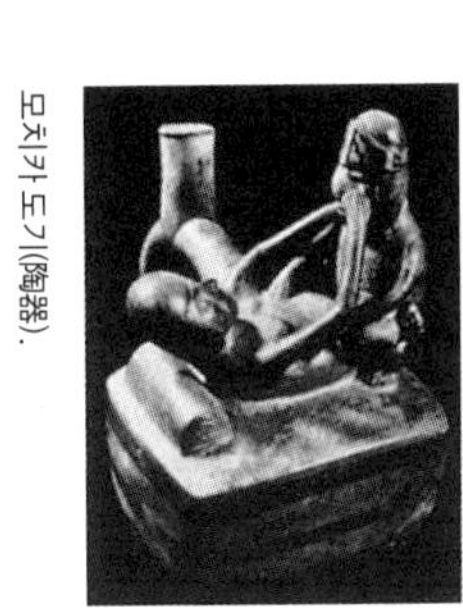

모치카 도기(陶器).

이제 유럽의 전통에서 벌거벗음(nakedness)과 누드(nudity)의 차이를 볼 수 있다. 케네스 클라크(Kenneth Clark)는 자신의 책 『누드(The Nude)』에서 벌거벗은 몸(naked)은 그저 옷을 입고 있지 않은 상태인 반면, 누드(nude)는 예술의 한 형식이라고 주장한다. 그에 따르면 누드는 회화의 출발점이 아니라, 회화가 성취해낸 하나의 보는 방식(a way of seeing)이다. 이 말이 어느 정도 사실이기는 하지만, '누드' 로 보는 방식이 꼭 예술형식에 한정될 필요는 없다. 누드 사진, 누드 포즈, 누드 제스처도 있다. 분명한 사실은 누드가 언제나 관습에 의해 정해지며, 이러한 관습의 권위는 특정한 미술전통에서 비롯된다는 점이다.

이러한 관습들의 의미, 누드의 의미는 과연 무엇인가. 단지 예술형식의 관점에서만 이런 질문에 답하는 것은 충분치 않다. 누드는 분명 삶에서 경험하는 섹슈얼리티와 관련이 있기 때문이다.

벌거벗은 몸이 된다는 것은 자기 자신이 된다는 것이다.

그러나 누드는, 벌거벗은 상태로 타인에게 보여진다 하더라도 그 모습 그대로, 벌거벗은 것으로 받아들여지지는 않는다는 뜻이다. 벌거벗은 몸(naked)이 누드(nude)가 되려면 특별한 대상으로 보여져야만 한다. (특별한 대상으로 보는 것은 대상으로서의 그 몸을 이용하도록 자극한다.) 벌거벗은 몸은 있는 그대로 스스로를 드러내는 것이지만, 누드는 타인에게 보여지기 위한 특별한 목적에서 전시되는 것이다.

벌거벗은 몸이 된다는 것은 아무것도 숨기지 않는다는 것이다.

누드(nude)로서 보여진다는 것은 자신의 피부 표면과 몸에 난 털들이 하나의 가장(假裝)이 되고, 그런 상황에서 절대로 떨쳐낼 수 없는 무엇이 된다는 것이다. 누드는 절대로 벌거벗은 몸이 될 수 없는 운명이다. 누드는 복장의 한 형식이다.

누드를 그린 보통의 유럽 유화에서 주인공은 절대로 그림 속에 등장하지 않는다. 주인공은 그림 앞에 있는 관객이며, 남자로 상정된다. 모든 것이 그를 향하고, 모든 것이 그가 거기에 있는 결과인 것처럼 보여야 한다. 그림 속 인물이 누드가 되는 것은 그를 위해서다. 그러나 그는 분명히 낯선 사람이고, 여전히 옷을 걸치고 있다.

브론치노(A. Bronzino)의 〈시간과 사랑의 알레고리〉를 한번 보자.

아뇰로 브론치노 〈시간과 사랑의 알레고리〉.

이 작품 배후의 복잡한 상징적 의미에 대해서 지금 관심을 가질 필요는 없다. 그건 작품의 일차적인 성적 매력과는 아무런 상관이 없기 때문이다. 무엇보다도, 이 작품은 다른 무엇이기 이전에 우선 성적 욕망을 불러일으키기 위한 그림이다.

이 그림은 피렌체의 대공작이 프랑스 왕에게 보낸 선물이었다. 쿠션에 무릎을 꿇은 채 여인에게 입을 맞추는 소년은 큐피드고, 여인은 비너스다. 하지만 그녀의 자세는 두 사람의 입맞춤과는 아무런 상관이 없다. 그녀의 육체 각 부분들은 그림을 보는 남자의 눈에 잘 보이도록 배치되어 있다. 즉 그림은 그것을 보는 **남자**의 성적 욕망을 불러일으키기 위해서 그려진 것이다. 그녀의 성적 욕망과는 아무 상관이 없다. (이 그림에서와 마찬가지로 유럽의 전통에서 일반적으로 여인의 몸에 음모를 그려 넣지 않는 관습 역시 동일한 목적에서이다. 음모는 성적 능력 및 욕망과 관련이 있다. 여인의 성적 욕망은 최소화되어야만 한다. 그럼으로써 그림을 보는 남자는 성적 욕망이 남자만의 전유물이라고 느낄 수 있게 된다.) 여자는 오로지 남자의 성적 욕망을 채워 주기 위해 존재하는 것이지, 자기 자신의 욕망을 채우기 위해 존재하는 것은 아니다.

이 두 여성의 표정을 비교해 보자.

장 오귀스트 도미니크 앵그르 〈그랑드 오달리스크(La Grande Odalisque)〉 부분.

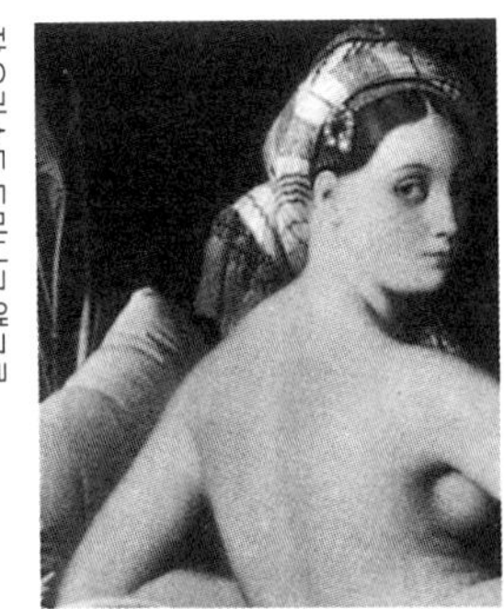

한 여인은 앵그르(J. A. D. Ingres)가 그린 유명한 작품의 모델이고, 다른 여인은 남성용 대중잡지의 사진 모델이다.

두 모델의 표정이 놀랄 만큼 유사하지 않은가. 이건 자신을 바라보는 상상 속의 남자—비록 그녀 자신은 모르는 남자지만—에게 매력적으로 보이기 위해 일부러 지어 보이는 계산된 표정이다. 그녀는 미리 잘 검토된 여성성을 구경거리로 제공하고 있는 것이다.

가끔 남자 연인이 포함된 그림이 있는 것도 사실이다.

한스 본 아헨 〈바쿠스, 케레스, 큐피드〉.

하지만 여자의 관심은 좀처럼 상대 남자를 향하지 않는다. 여자는 그림 바깥에 있는, 자기 자신이야말로 그 여자의 진짜 애인이라고 생각하는 남자, 즉 관객(소유자)을 쳐다본다.

사랑을 나누고 있는 남녀를 그린 (특히 십팔세기에 유행했던) 특별하고 사적인 포르노그래피 그림들도 있다. 하지만 이런 작품들 앞에서도 관객(소유자)은 그림 속의 남자를 몰아내거나, 스스로 그 남자가 되는 환상에 빠진다. 이와 대조적으로 비유럽적 전통에서 사랑을 나누는 남녀의 이미지는 혼음(混淫)에 대한 상상을 자극한다. "우리에겐 수천 개의 손과 수천 개의 발이 있다. 우리는 결코 외로울 수가 없다."

르네상스 이후 유럽에서 성애의 이미지 대부분은 문자적으로든 은유적으로든 다 같이 똑바로 정면을 향하고 있다. 왜냐하면 성적 행위의 주인공이 바로 그 이미지를 바라보고 있는 관객이자 소유자이기 때문이다.

남자에게 아첨하듯 표현된 이러한 불합리함은 십구세기의 공식적인 아카데미 미술에서 그 절정에 달한다.

윌리엄 부그로 〈오레아드(Les Oréades)〉.

정치인, 사업가 들은 이와 같은 그림들이 걸려 있는 벽 아래서 의논하고 이야기를 나눴던 것이다. 회의 중에 누군가가 자기보다 더 수완 좋은 사람에게 농락당한 기분이 들면, 그는 고개를 들어 그림을 보며 위로를 구했다. 그가 쳐다보는 그림은 그가 남자임을 상기시켜 주었다.

유럽의 유화 전통에는 지금까지 말한 것들이 적용되지 않는 예외적인 누드화가 몇몇 존재한다. 사실 그런 작품들은 더 이상 누드화라고 할 수 없다. 그것들은 예술형식의 규범을 깨 버렸기 때문이다. 그건 남자의 사랑을 받는 여인이 벌거벗고 있는 모습을 그대로 그린 그림들이다. 전통에 속하는 수백, 수천 점의 누드화 중 약 백여 점이 이런 예외에 속한다. 이런 작품들에서는 자신이 그리고 있는 특정 여자에 대한 화가의 개인적인 관점이 너무 강해서, 관객이 끼어들 여지가 없다. 화가의 시각이 그림 속 여자와 그를 하나로 묶어 놓아서, 그 둘은 마치 하나의 돌 속에 조각한 한 쌍의 남녀처럼 따로 떼어낼 수 없을 것만 같다. 관객은 둘의 관계를 목격할 뿐 더 이상은 아무것도 할 수 없다. 관객은 자신이 영원히 외부인으로 머물 수밖에 없다는 것을 잘 안다. 그는 그림 속 여자가 자신을 위해 옷을 벗었다고 스스로를 속일 수가 없다. 말하자면 그는 여자를 누드로 바꿀 수 없다. 이는 화가가 그 그림을 그린 방식, 그리고 그 여자의 육체나 얼굴을 구성하고 표현한 것을 보면 곧 알 수 있다.

렘브란트 반 레인 〈다나에(Danäe)〉 부분.

전통적인 회화에서 어떤 것이 전형적이고 어떤 것이 예외적인 것인가의 문제는, 벌거벗은 육체를 그렸느냐 아니면 누드를 그렸느냐 하는 이항대립으로 쉽게 정의 내릴 수 있다. 그러나 벌거벗은 육체를 그렸다는 것이 얼핏 보고 그렇게 쉽게 판단 내릴 수 있는 단순한 문제는 아니다.

현실에서 벌거벗은 몸은 과연 어떤 성적 기능을 지니고 있을까. 옷은 신체 접촉과 움직임을 방해한다. 하지만 벌거벗은 몸은 그 자체가 긍정적인 시각적 가치를 지니고 있는 것처럼 생각된다. 우리는 타인의 벌거벗은 몸을 **보고** 싶어 한다. 타인이 자신의 벌거벗은 몸을 구경거리로 우리들에게 내보이면, 우리는 즉각 거기에 달려든다. 그것이 맨 처음이든 백번째든 상관없다. 타인의 벗은 몸을 본다는 것은 우리에게 어떤 의미이며, 타인의 벗은 모습이 완전히 다 드러난 순간, 그것은 어떤 식으로 우리의 욕망에 영향을 미치는가.

이렇게 벌거벗은 모습을 보인다는 것은 무언가를 확인시켜 주는 행위로서, 보는 사람에게 커다란 안도감을 준다. 즉 그녀도 다른 사람들과 마찬가지로 한 여자이다. 혹은 그도 다른 사람들과 마찬가지로 한 남자다. 우리는 우리가 익숙하게 알고 있는 이와 같은 성적 메커니즘의 놀라운 단순성에 압도당한다.

물론 우리는 사정이 이와 다르다고 의식적으로 생각하지는 않을 것이다. 말하자면 무의식적인 동성애적 욕망(또는 한 쌍의 동성애자 커플의 경우라면 무의식적인 이성애적 욕망)이 서로에게 다른 것을 기대하게 한다고 생각할 수도 있다. 그러나 이러한 경우 '안도감' 을 준다는 것은 무의식에 관해 이야기하지 않고서도 설명할 수 있다.

우리는 사정이 이와 다르리라고는 생각하지 않는다. 그러나 우리 감정의 긴박함과 복잡함 때문에 타인의 벌거벗은 모습을 보는 순간이 아주 특별하다는 느낌을 갖게 된다. 이 특별하다는 느낌은 여자이건 남자이건 상관없이 타인의 벌거벗은 모습을 실제로 보게 되는 순간 사라지게 된다. 상대는 그와 같은 성을 지닌 다른 사람들과 다르지 않고, 더 비슷하게 보인다. 그러나 이러한 사실이 드러남으로써, 벌거벗은 몸의 익명성은 차갑고 비인격적인 것이 아니라 그것과는 대조되는 어딘가 따뜻하고 친밀한 것이 된다.

이를 다른 식으로 설명할 수도 있다. 벌거벗은 모습을 처음 보았을 때 평범성이라는 요소가 개입하게 된다. 이 평범성이란 단지 우리가 그것을 필요로 하기 때문에 존재하는 것이다.

바로 그 순간이 되기까지 타인은 어쨌든 신비스러운 존재다. 점잖음이라는 에티켓이 반드시 청교도적이거나 감상적일 필요는 없지만, 벗은 몸을 보았을 때 얼마간 신비감이 사라지는 것 또한 사실이다. 이 신비감의 상실은 주로 시각적인 차원에서 일어난다. 우리의 시선은 눈에 집중되었다가 입으로 옮겨 가고, 또 어깨에서 손으로 옮겨 간다. 이 신체 부위들은 모두 섬세한 표정을 가질 수 있는 것이어서, 이러한 것들에 의해서 표현되는 개성은 여러모로 다양하다. 그러나 우리의 시선이 성기로 옮겨 가면 곧바로 그것의 형태 자체가 보는 사람을 일방적인 방향으로 몰고 가 버린다. 즉 타인의 존재는 가장 기본적인 성적 범주인 남성 혹은 여성으로 축소되거나 격상된다. 우리가 느끼는 안도감은 의심의 여지가 없는 사실을 확인했다는 안도감이다. 앞서의 대단히 복잡하던 인식이 이제는 새로 맞닥뜨린 사실의 직접적인 요구에 자리를 내어 주는 것이다.

벌거벗은 몸이 최초로 드러나는 순간, 우리는 그 속에 내재한 평범함을 필요로 하는데, 왜냐하면 그것이 우리를 현실에 발을 내리게 하기 때문이다. 하지만 그것만이 아니다. 즉 현실은 우리가 익히 알고 있는 성적 행위의 메커니즘을 상기시킴으로써 주관적일 수밖에 없는 성경험을 함께할 수 있을 것이라는 기대를 또한 불러일으킨다.

하나의 신비감이 상실됨과 동시에 타인과 공유할 수 있는 또 다른 신비감을 낳을 수 있는 가능성이 열리는 것이다. 그 과정은 '주관적인 것—객관적인 것—두 가지가 결합된 힘' 으로 진행된다.

이제 우리는 성적 의미에서 벌거벗은 몸을 정적인 이미지로 표현하는 것의 어려움을 이해할 수 있다. 실제의 성적 경험에서 벌거벗는다는 것은 하나의 상태라기보다는 하나의 과정이다. 그러한 과정에서 한 순간을 따로 떼어놓으면 그 이미지는 진부한 것이 되고, 그러한 진부함 때문에 그 이미지는 상상의 두 강렬한 상태를 하나로 이어 주는 다리로서 기능하기보다는 그 강렬함을 차갑게 식혀 버리는 것이 되고 만다. 벌거벗은 몸을 성공적으로 표현한 사진이 그림보다 더 보기 드문 이유가 바로 거기에 있다. 사진가가 택할 수 있는 쉬운 해결책은, 인물을 누드로 바꿔 사진 속 구경거리가 된 벌거벗은 육체와 함께 관객까지도 일반화시키고, 섹슈얼리티를 개별적이거나 특정한 것이 아닌 일반적인 것으로 바꿈으로써 욕망을 환상으로 바꾸는 것이다.

여기에서 벌거벗은 몸을 묘사한 예외적인 작품들을 살펴보자. 이 그림은 루벤스(P. P. Rubens)가 꽤 나이가 들어 결혼한 두번째 아내를 그린 작품이다.

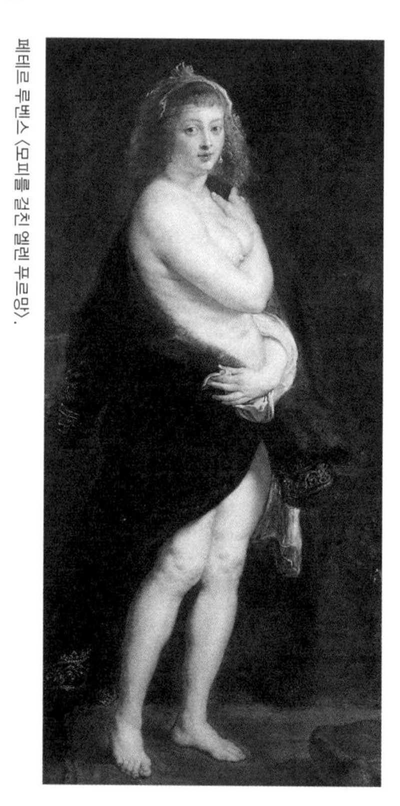
페테르 루벤스 〈모피를 걸친 엘렌 푸르망〉.

여인은 몸을 돌리려고 하고, 그녀가 걸친 모피는 어깨에서 미끄러져 내리려고 한다. 지금 이 모습은 일 초도 유지되지 않을 것이다. 피상적으로 보면 이 이미지는 사진작가의 작품처럼 한순간을 포착한 것으로 보인다. 그러나 좀 더 깊은 의미에서 이 그림은 시간과 그 시간의 경험을 '포함하고' 있다. 우리는 여인이 어깨에 모피를 두르기 전에 그녀가 완전히 벌거벗고 있었음을 쉽게 상상할 수 있다. 벌거벗은 몸을 완전히 드러내는 순간의 앞뒤에 이어지는 다른 단계들은 모두 초월되었다. 그녀는 그런 모든 단계에 동시에 속할 수 있다.

그녀의 몸은 정면으로 우리를 향하고 있지만, 바로 지금 우리 눈에 주어진 순간적인 구경거리가 아니라 화가의 경험으로서 제시된다. 물론 여기에는 장면 자체에서 쉽게 짐작할 수 있는 일화적(逸話的)인 이유들이 있다. 헝클어진 머리, 화가를 향한 그녀의 눈에 담긴 표정, 과장되게 예민해 보이는 그녀의 피부에서 느껴지는 부드러움 등이 그러하다. 하지만 더 중요한 이유는 형식적인 것이다. 여인의 모습은 화가의 주관성에 의해, 말 그대로 다시 다듬어진 것이다. 그녀가 들고 있는 모피 아래에서 상체와 다리는 절대로 만날 수 없다. 측면으로 구 인치 정도 어긋나 있기 때문이다. 허벅지가 엉덩이에 이어지려면 적어도 구 인치 정도 오른쪽으로 옮겨야 한다.

아마도 루벤스가 그렇게 계획하지는 않았을 것이다. 관객들도 이 어긋남을 분명하게 의식하기는 힘들 것이다. 어긋남 그 자체는 그다지 중요한 것도 아니다. 중요한 것은 그런 어긋남 때문에 무엇이 가능해졌는가 하는 점이다. 덕분에 여인의 몸은 불가능할 정도로 역동적으로 보인다. 그 몸의 일체성은 몸 자체가 아니라 화가의 경험 속에 있다. 더 정확하게는 그 어긋남 때문에 상체와 하체가 독립적으로 회전할 수 있게 된다. 즉 감추어진 성기를 중심으로 서로 반대 방향으로, 상체는 오른쪽으로 다리는 왼쪽으로 돌아갈 수 있는 것이다. 동시에 숨어 있는 성의 중심은 몸을 감싼 모피 덕분에 그림의 배경이 되는 어둠과도 이어진다. 결국 여인은 자신의 성에 대한 메타포라고 할 수 있는 어둠 안과 주위를 도는 셈이 된다.

아주 특별한 한순간의 주관적인 경험을 초월해야 된다는 필요성 이외에도, 벌거벗은 몸을 성적인 이미지로 표현한 이런 명화들에 반드시 나타나는 또 하나의 요소가 있다. 그것은 성적인 것을 감추지 않고 평범하게 있는 그대로 드러낸다는 점이다. 바로 이 점이 벌거벗은 몸을 훔쳐보는 관객과 애인을 구분해 준다. 우리는 그런 평범함을 루벤스가 그린 풍만하고 부드러운 살결의 엘렌 푸르망에서 발견할 수 있다. 엘렌 푸르망의 벌거벗은 몸은 누드의 일반적인 관습을 깨고 그녀가 특별한 존재임을 끊임없이 상기시켜 준다.

유럽의 유화에서 누드는 보통 유럽 휴머니즘 정신을 탁월하게 표현하는 어떤 것으로 제시된다. 이 정신은 개인주의와 분리시킬 수 없다. 그리고 고도로 발달한 개인주의 의식이 없었다면 이렇게 누드 전통에서 대담하게 벗어난 작품(벌거벗은 몸을 그린 지극히 개인적인 이미지)은 절대 그려질 수 없었을 것이다. 그러나 이 누드의 전통은 그 자체로는 해결할 수 없는 하나의 모순을 지니고 있었다. 몇몇의 예술가가 이 점을 직감적으로 알아차리고 자신 나름의 방식으로 그 모순을 해결하려 했지만, 그들의 해결책이 이 전통의 **일반적인** 요소로 인정될 수는 없었다.

이 모순은 간단하게 말해 다음과 같다. 한쪽에는 예술가, 사상가, 후원자, 소유주라는 구체적인 개인이 있고, 다른 한쪽에는 그들의 활동의 대상이 되는 사물 혹은 하나의 추상적인 존재처럼 취급되는 사람, 즉 여성이 있는 것이다.

알브레히트 뒤러
〈옆으로 누워 있는
여자를 그리는 남자〉.

뒤러(A. Dürer)는 이상적인 누드란 얼굴은 한 사람의 몸에서 따오고, 가슴은 또 다른 사람에게서, 그리고 다리, 어깨, 손 등등 다른 여러 사람에게서 따와 새롭게 하나로 구성해야 된다고 믿었다.

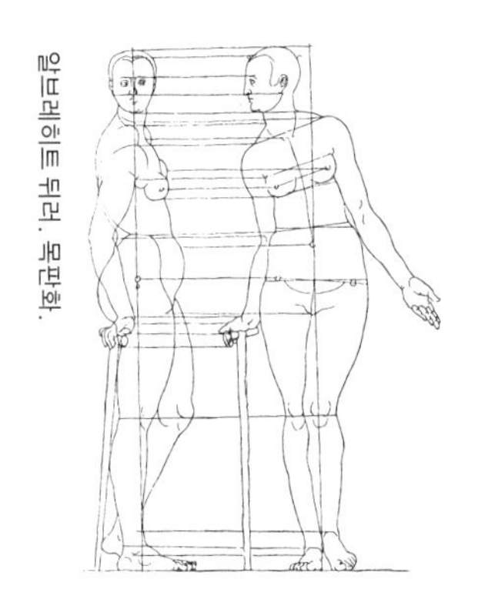
알브레히트 뒤러. 목판화.

그 결과는 인간이라는 존재를 찬미하는 작품이 될 것이다. 하지만 그런 작업에서 각각의 부위들이 어떤 사람의 것인지에 대해서는 철저하게 무관심하다.

유럽의 누드 예술형식에서 화가와 관객(소유자)은 보통 남자이며 대상으로 취급받는 인물은 보통 여자다. 이런 불평등한 관계는 우리 문화에 아주 깊이 각인되어 있어 지금까지도 많은 여자들의 의식을 형성한다. 남자들이 여자들에게 요구하는 것을 여자들 스스로도 자신들에게 요구하고 있는 것이다. 그들도 남자들이 여자를 보는 것과 마찬가지 방식으로 자신들의 여성성을 살펴본다.

현대 예술에서 누드라는 범주는 그 전보다 덜 중요한 것이 되었다. 예술가 자신들도 여러 가지 각도에서 이 장르에 대해 질문을 던지기 시작했다. 다른 측면에서와 마찬가지로 여기서도 역시 마네(É. Manet)가 중요한 전환점이 된다. 마네의 〈올랭피아〉를 티치아노의 원작과 비교해 보면, 전통적인 역할을 맡은 그림 속 여인이 그 역할에 대해 어느 정도 노골적으로 질문을 던지기 시작했음을 볼 수 있다.

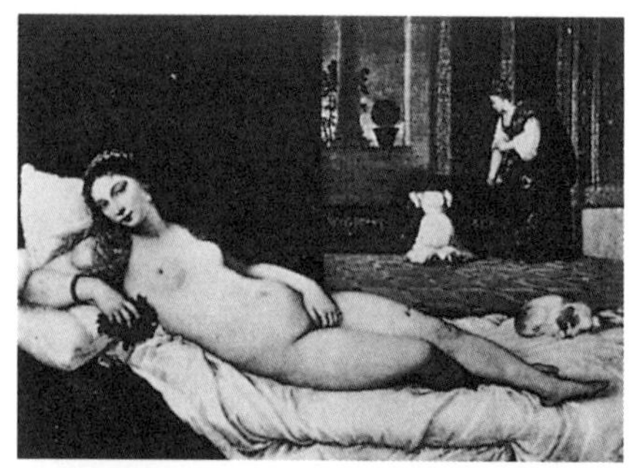

티치아노 베첼리오 〈우르비노의 비너스〉.

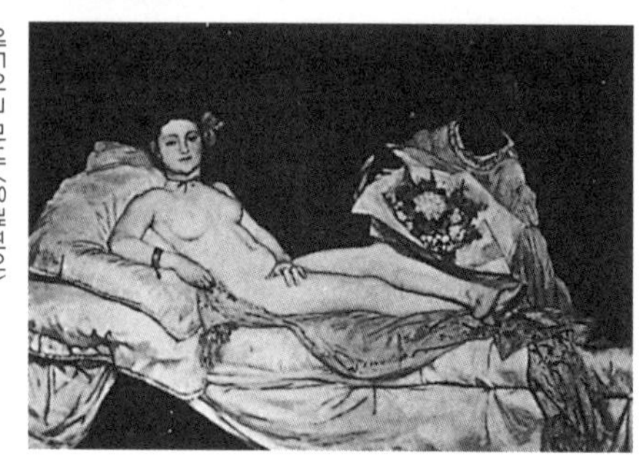

에두아르 마네 〈올랭피아〉.

누드의 이상은 깨졌다. 하지만 창녀의 '리얼리즘'을 제외하고는 그 자리를 대체할 것이 거의 없었다. 창녀는 이십세기 초 아방가르드 회화〔툴루즈 로트렉(Toulouse-Lautrec), 피카소(P. Picasso), 루오(G. Rouault), 독일 표현주의 등〕에서 빠질 수 없는 여성형이다. 한편 아카데믹한 그림에서 누드의 전통은 계속 유지되었다.

오늘날 이 누드가 포함하고 있는 태도나 가치들은 광고, 저널리즘, 텔레비전과 같은 좀 더 다양한 미디어 속에 표현되고 있다.

하지만 여자를 보는 방식, 즉 여자의 이미지를 사용하는 방식은 본질적으로 바뀌지 않았다. 여자들은 남자들과는 아주 다른 방식으로 묘사되는데, 이는 여성성이 남성성과 다르기 때문이 아니라, '이상적인' 관객이 항상 남자로 가정되고 여자의 이미지는 그 남자를 기분 좋게 해 주기 위해 구성되어 있기 때문이다. 만약 이 말에 의심이 든다면 다음과 같은 실험을 해 보면 된다. 이 책에서 전통적인 누드화를 아무 작품이나 하나 고른 다음, 그림 속 여자를 남자로 바꾸어 보자. 머릿속에서 생각만 해도 좋고 직접 그려 봐도 좋다. 그리고 그런 전환이 얼마나 폭력적인 것인지를 살펴보기 바란다. 이미지 자체에 대한 폭력이 아니라, 관객들이 가지고 있는 기존 관념에 대한 폭력 말이다.

4

치마부에.

피에로 델라 프란체스카.

프라 필리포 리피.

제라르 다비트. 1523.

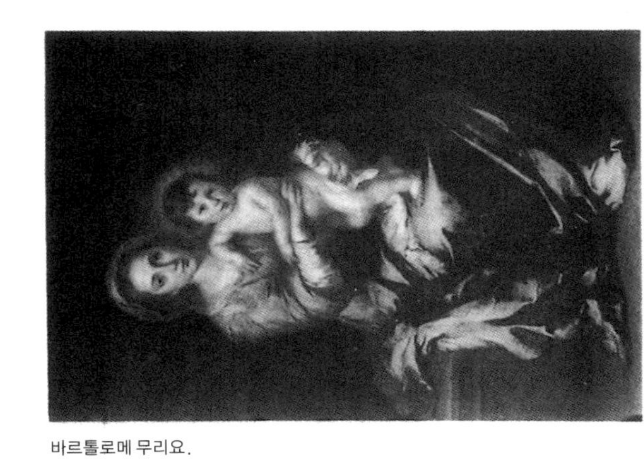

바르톨로메 무리요.

라파엘로 산치오.

포드 매독스 브라운.

조토 디 본도네.

피터르 브뤼헐.

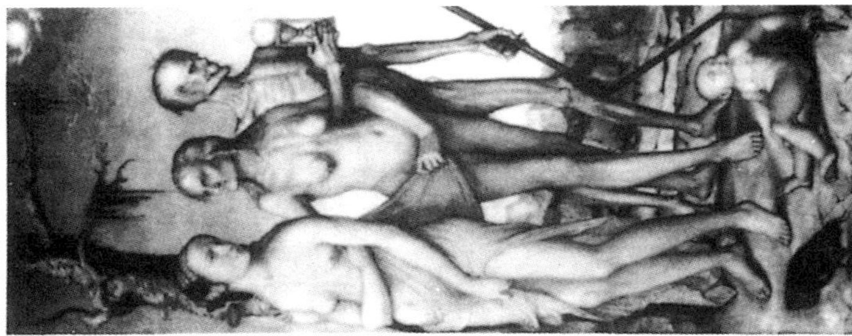

한스 발둥 그린.

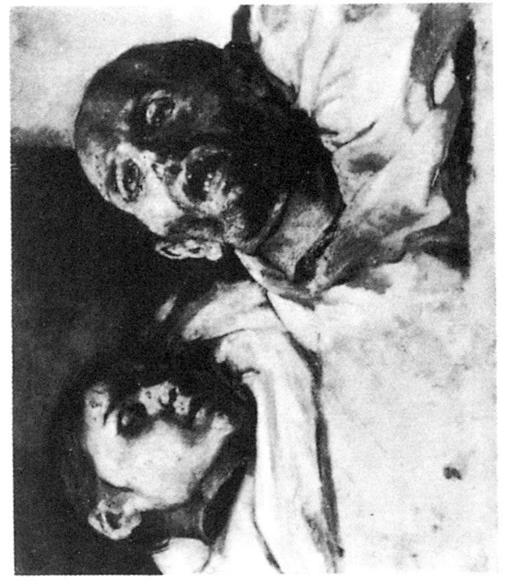

에두아르 마네.

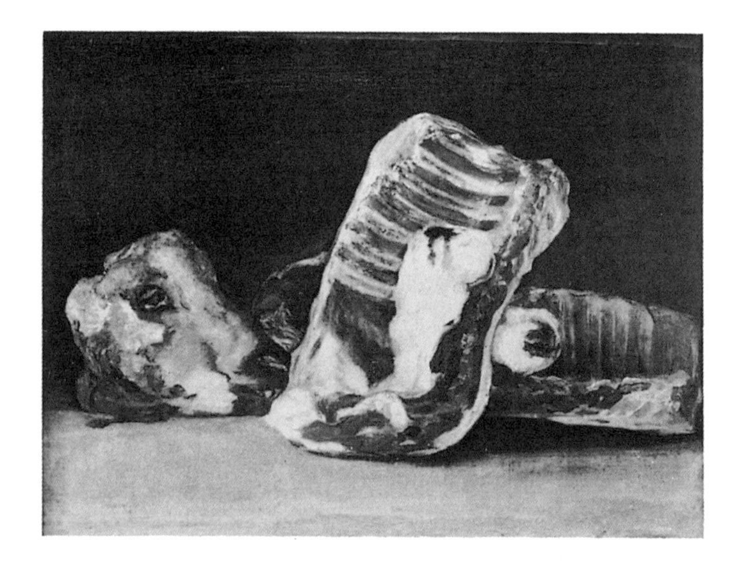

〈다프니스와 클로에〉 십오세기.

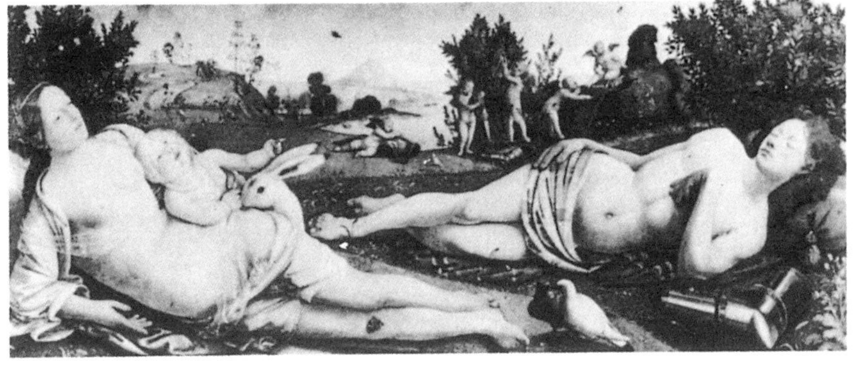

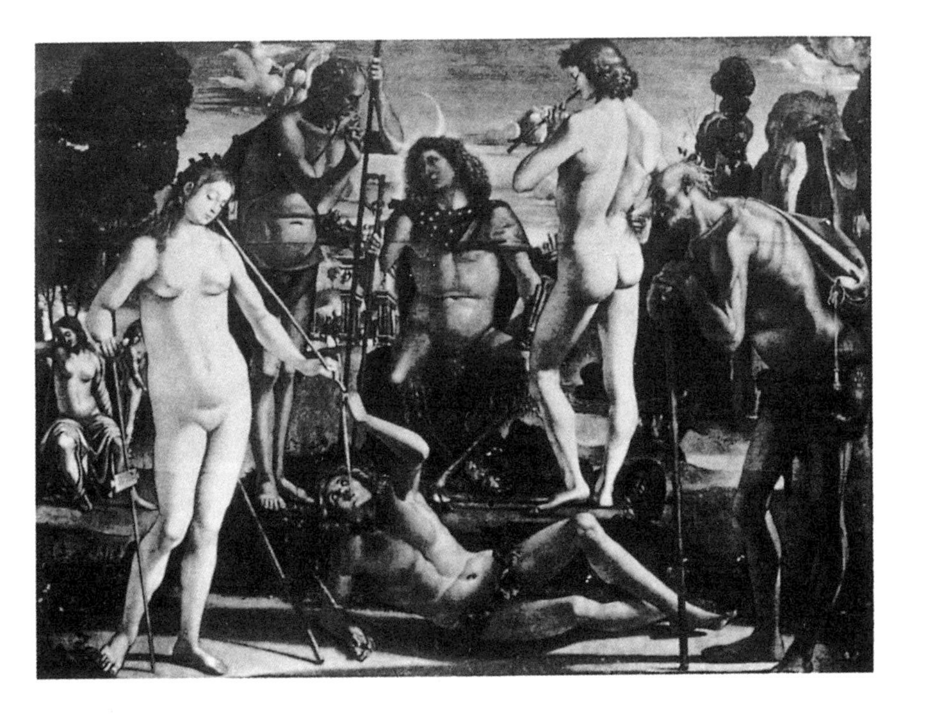

〈루지에로에게 구조받는 안젤리카〉 십구세기.

〈로마인의 축제〉 십구세기.

〈목신과 시링크스〉 십팔세기.

〈순결을 유혹하는 사랑, 쾌락에 빠진 그녀, 그리고 참회〉 십팔세기.

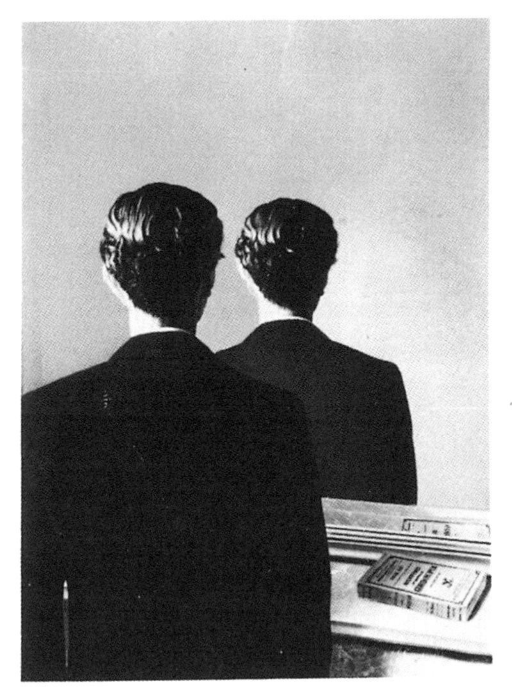

5

유화는 흔히 물건들을 묘사한다. 현실에서 실제로 구매할 수 있는 물건들이다. 캔버스에 물건들을 그리게 하는 것은, 물건들을 실제로 사서 당신 집에 들여놓는 것과는 다른 일이다. 만약 당신이 그림을 산다면 당신은 그 그림이 묘사하고 있는 물건의 외양을 동시에 사는 것이 된다.

네덜란드 파. 〈옥스나드 홀의 패스턴 저택의 재물들〉 1665년경.

물건을 **소유하는** 것과 유화 속에 그려진 물건을 보는 것 사이의 이와 같은 유비관계(類比關係)를 미술품 감정가들이나 미술사가들은 흔히 무시해 왔다. 그러나 이 요인을 매우 중요하다고 생각하고, 가장 가까이 이해했던 한 인류학자가 있었다는 사실은 여러모로 뜻깊다.

레비스트로스(C. Lévi-Strauss)는 다음과 같이 말했다.*

> 물건의 소유자 입장에서나 심지어 그것을 구경하는 사람의 입장에서 다 같이 이렇게 탐욕스럽게 물건을 소유하려는 욕망을 노골적으로 드러내는 것이, 서구문명의 미술에서 가장 독보적이고 두드러진 특색 가운데 하나로 생각된다.

만약 이것이 사실이라면 —비록 레비스트로스가 일반화하여 말한 것이 너무나 긴 시간에 걸친 것이긴 해도— 우리는 서구의 전통적 유화시대에 그 경향이 정점에 도달했다고 말할 수 있다.

유화(oil painting)라는 용어는 기법 이상의 것을 가리킨다. 기름에 물감을 섞어서 그리는 기법은 일찍이 고대부터 있어 왔다. 그러나 템페라 기법이나 프레스코 기법으로는 묘사하기 힘든 삶의 특정한 정경을 그리기 위해 (나무 패널 대신 캔버스를 사용하는 것을 포함하여) 기법을 특별하게 개발하고 완성시킬 필요가 생겼을 때, 비로소 미술형식으로서의 유화가 탄생한 것이다. 십오세기 초 새로운 성격의 그림들을 그리기 위해 북유럽에서 유화 기법이 처음으로 쓰였을 때, 이 그림들은 여러 가지 중세적 예술 관습들에 의해 억압되었다. 십육세기 전까지는 유화의 새로운 규범과 시각 방식은 제대로 확립될 수 없었다.

유화시대가 언제 끝났는지 정확하게 이야기할 수 있는 것도 아니다. 요즈음도 유화는 여전히 그려지고 있다. 그러나 유화의 전통적 시각방식의 토대는 인상주의 시기에 허물어지기 시작해서 입체파에 의해

* 샤를 샤르보니에(Charles Charbonnier)와의 대화. Cape Editions.

완전히 뒤집혔다. 이와 거의 동시에 사진은 시각 이미지의 주된 원천으로서 유화가 차지하던 자리를 대신 차지했다. 이러한 이유들 때문에 전통적 유화시대는 대략 1500년에서 1900년까지라고 말할 수 있다.

그러나 이 유화의 전통은 여전히 우리 문화의 기본 전제로서의 영향력을 잃지 않고 있으며, '그림처럼 닮았다' 라고 말할 때 그 기준이 되고 있다. 유화의 규범들은 풍경, 여자, 음식, 지위가 높은 사람들, 또는 신화 등을 주제로 그린 그림들을 보는 방식에 영향을 미치고 있으며, '예술적 천재' 들의 전형들도 보여 준다. 우리는 전통적으로 한 사회의 구성원들이 미술을 애호할 때 미술이 번성한다는 것을 알고 있다.

미술을 애호한다는 것은 무슨 의미인가.

미술 애호가를 그린 유화 한 점을 살펴보자.

다비드 테니르스 〈개인 화랑에 서 있는 레오폴드 빌헬름 공〉.

이 그림은 무엇을 보여 주는가.

십칠세기에 화가들은 이런 사람들을 위해 그림을 그렸다.

그러면 이 그림 속에 등장하는 그림들은 도대체 어떤 것인가.

이 그림들은 무엇보다도 우선 그 자체로 구매하고 소유할 수 있는 물건들이다. 단 하나만 존재하는 물건들. 미술 애호가는 자기가 소유한 그림들에 둘러싸여 있다. 미술 애호가와 달리, 시인이나 음악을 후원하는 사람은 음악 작품이나 시 작품에 둘러싸여 있지는 못한다.

이 그림 속의 미술품 수집가는 마치 회화작품으로 지은 집에 살고 있는 것만 같다. 이 그림들이 돌이나 목재로 된 벽에 비해 어떤 이점을 갖고 있을까.

그림들은 그에게 구경거리(sight), 즉 그가 소유한 물건들의 모습을 구경거리로 제공한다.

레비스트로스는 또다시 그림 컬렉션이 수집가의 자존심과 자기애(amour-propre)를 확인해 주는 방식에 대해 이야기한다.

> 르네상스 시기의 예술가에게 회화는 앎의 도구였을 수도 있지만 또한 소유의 수단이기도 했다. 르네상스 회화를 이야기할 때, 우리는 피렌체와 그 밖의 지역에 어마어마한 부가 쌓여 있었기 때문에 그런 회화가 가능했다는 점, 그리고 부유한 이탈리아 상인들은 화가들을 일종의 대리인으로 봤다는 사실을 잊어서는 안 된다. 대리인으로서 화가들은 이탈리아 상인들로 하여금 자신들이 세상의 아름다운 것과 욕망의 대상이 되는 것들을 모두 소유하고

있다는 확신을 가질 수 있게 해 주었다. 피렌체의 궁전에 쌓인 그림들은 하나의 소우주를 대변하고, 그 소우주 안에서 독점적인 소유주는 예술가 덕분에 쉽게 손이 닿을 수 있는 곳에, 그리고 가능한 한 가장 현실적인 형태로, 자신과 관련이 있는 세상의 모든 면모를 재창조할 수 있었다.

조반니 파올로 파니니 〈발렌티 곤자가 추기경의 화랑〉.

어떤 시기든 예술은 지배계급의 이데올로기적 이해관계에 봉사하는 경향이 있다. 우리가 만약 1500년부터 1900년 사이의 유럽 미술이 자본이라는 새로운 힘에 각기 다른 방식으로 의존하고 있는 지배계급들의 이해관계에 봉사했다고 말한다면 그것은 전혀 새로운 이야기가 아니다. 이에 대해 나는 좀 더 정확하게 이야기하려 한다. 재산과 교환방식에 대한 새로운 태도에 의해서 궁극적으로 결정되는 세상을 보는 방식은, 다른 시각예술이 아니라 바로 유화에서 시각적으로 표현될 수 있었다.

〈화랑의 내부〉 십칠세기 플랑드르 미술.

자본이 사회관계에 영향을 미치는 것처럼, 유화는 사물이 겉으로 드러나는 모습에 영향을 미쳤다. 마치 모든 것이 상품이 되었기 때문에 모두 서로 교환 가능하게 된 것과 마찬가지로, 유화는 모든 사물을 동등한 대상으로 바꾸어 버린 것이다. 현실의 모든 사물은 물질성이라는 기준에 따라 기계적으로 측정될 수 있는 것으로 바뀌었다. 데카르트적인 이분법적 체계 덕분에 정신은 별도의 범주로서 손상당하지 않고 따로 보존될 수 있었다. 회화는 정신에 대해서도 말을 걸 수 있었다. 그러나 정신이라는 것은 회화가 넌지시 가리킬 수는 있었지만 시각적으로 보여 줄 수 있는 것은 아니었다. 결국 유화는 모든 사물의 외양만을 총체적으로 보여 줄 수 있는 것이다.

이와 같은 주장을 반박할 수 있는 작품들도 있다. 렘브란트(Rembrandt), 엘 그레코(El Greco), 조르조네(Giorgione), 페르메이르(J. Vermeer), 터너(W. Turner) 등의 작품이 그렇다. 그러나 유럽 유화의 일반적 전통에 비추어 보면 이들의 작품은 특별한 예외임을 알 수 있다.

유화의 전통을 이루는, 유럽 전역에 흩어져 있는 수백, 수천 점의 캔버스와 이젤 회화의 대부분이 현재는 없어졌다. 지금까지 전해지는 작품들 중 소수만이 순수 예술작품으로 진지하게 대접받고 있으며, 그 소수 중 다시 일부만이 반복적으로 복제되며 '대가(master)' 의 작품으로 존중되고 있다.

미술관을 찾은 관람객은 종종 전시된 작품의 숫자에 압도당해, 그들 중 겨우 몇몇 작품만 주의를 집중해서 볼 수밖에 없는 자신들의 한탄스러운 무능함에 놀라기도 한다. 이러한 반응은 지극히 당연한 것이다. 미술사는 유럽의 회화 전통 속에서 탁월한 작품과 평범한 작품을 구분하는 문제를 제대로 해결하지 못했다. '천재' 라는 개념은 이에 대한 적절한 해답이 될 수 없다. 그 결과 혼란은 미술관의 전시 벽면에 그대로 드러난다. 흔히 수많은 삼류 작품들이 탁월한 작품 하나를 둘러싸고 있는데 —이에 대한 해명은 고사하고— 무엇이 그 둘을 근본적으로 다른 것으로 만들어 주는지 전혀 알 수가 없다.

어떤 문화에서든 예술의 영역에서는 재능의 차이가 폭넓게 드러난다. 하지만 서구의 유화에서만큼 '걸작' 과 보통 수준의 작품들 사이의 차이가 크게 드러나는 문화는 없다. 이 전통에서 이러한 차이는 단지 기술이나 상상력의 차이일 뿐만 아니라 예술적 의욕에서의 차이이기도 하다. 특히 십칠세기 이후에 점점 더 숫자가 늘어나는 보통 수준의 평범한 유화 작품들은 냉소적인 태도로 제작된 것들이다. 그러니까, 이런 작품들이 표현하는 명목상의 가치가 화가 본인에게는 별 다른 의미가 없었다. 화가 본인에게는 주문받은 그림을 완성하는 일 또는 그림을 파는 일이 더 중요했다. 진부한 작품은 서투름이나 무지함의 결과가 아니었다. 그것은 시장의 요구가 예술 자체의 요구보다 더 강했기 때문에 생긴 결과였다. 유화시대는 미술품을 거래하는 공개시장이 등장한 시기와 일치한다. 뛰어난 작품과 평범한 작품 사이에 존재하는 대비 혹은 대립에 대한 설명은 바로 이 예술과 시장 사이의 모순에서 찾아야 한다.

예외적으로 뛰어난 작품들은 분명 존재한다. 이 문제는 잠시 후에 살펴보기로 하고, 먼저 유화의 전통에 대해 대략적으로 살펴보자.

유화를 다른 회화형식과 구분해 주는 것은 묘사되는 대상이 마치 눈앞에 있어서 실제로 손으로 만질 수도 있는 물건인 것처럼, 그 질감, 광채, 입체감 등을 표현해내는 능력이다. 유화는 실재를 손으로 만질 수 있는 대상인 것처럼 규정한다. 비록 그려진 이미지는 이차원적이지만, 실제 사물의 모습과 똑같다는 느낌은 조각보다 더 크다고 할 수 있다. 왜냐하면 유화는 그려진 대상들이 색상과 질감, 온도를 지니고 있으며, 하나의 공간을 차지하고, 나아가 전 세계를 가득 채우고 있음을 암시하기 때문이다.

홀바인(H. Holbein)의 작품 〈대사들(The Ambassadors)〉(1533)은 유화 전통의 초기작으로, 이 시기의 작품들이 종종 그렇듯이 이 그림에 등장하는 인물들은 아무런 가식 없이 그려졌다. 이 그림이 그려진 방식 그 자체가 바로 이 작품의 주제가 무엇인지 알려 준다. 이 작품은 어떻게 그려져 있는가.

이 작품은 관객들이 정말 실제 대상을 보고 있다는 느낌을 가질 정도로 완벽한 솜씨로 그려졌다. 이 책의 첫번째 장에서 촉각은 제한된 방식의 정적인 시각적 감각이라고 할 수 있다고 지적한 바 있다. 이 작품은 아주 작은 부분에서도 빠짐없이 순수한 시각적인 이미지를 통해 촉각에 호소하고, 촉각을 자극한다. 우리의 시선은 모피에서 실크로, 금속에서 목재로, 벨벳, 대리석, 종이, 펠트로 차례차례 옮겨 간다. 그런 대상들을 하나씩 거칠 때마다 눈이 지각하는 것은 그림 자체 내에서 이미 촉감의 언어로 번역된다. 이 두 남자가 상당히 중요한 인물임을 얼른 알 수 있고, 그들을 둘러싸고 있는 많은 물건들이 여러 가지 관념들을 상징하지만, 그림 전체를 지배하고 있는 것은 바로 두 사람이 입고 있는 옷의 재료다.

한스 홀바인 〈대사들〉.

얼굴과 손을 제외한 이 옷의 표면에서 우리는 천을 짜는 사람, 수를 놓는 사람, 카펫을 만드는 사람, 금 세공사, 또는 가죽을 가공하는 직공, 모자이크 제조자, 모피를 다루는 기술자, 그리고 재단사, 보석 세공사 등에 의해서 그 옷들이 얼마나 정교하게 만들어진 것인지 분명하게 알 수 있다. 그리고 이 엄청나게 정교한 작업의 결과 생겨난 옷 표면의 풍부함이 화가인 홀바인의 정교한 작업을 통해 재현되었다.

이와 같이 표면적인 효과를 강조하고 그 배경에 깔린 기술을 과시하는 것이 유화의 전통에서는 변함없는 요소로 남아 있다.

유화시대의 전통 이전의 작품들 역시 부를 찬양했다. 그러나 여기서 부는 고정된 또는 신성한 사회적 질서의 상징이었다. 그런데 유화는 새로운 종류의 부를 찬양했다. 이 새로운 종류의 부는 매우 역동적이면서 금전적 구매력의 제한만을 받을 뿐이다. 그리하여 그림은 금전으로 살 수 있는 것이 얼마나 바람직하고 탐나는 물건인가 하는 것을 보여 줄 수 있어야만 했다. 이렇게 돈으로 살 수 있는 물건들의 '매력'은 소유자가 직접 손으로 만질 수 있을 것 같은 그런 만족감을 시각적으로 줄 수 있느냐 아니냐에 달려 있는 것처럼 보인다.

홀바인의 〈대사들〉 전경에는 신비스럽게 비스듬히 기운 타원형이 있다. 이것은 고도로 왜곡된 해골을 그린 것으로, 마치 형태를 왜곡시키는 거울 속에 해골이 비춰진 것 같은 모습이다. 어떻게 해골이 이런 식으로 그려졌는지, 그리고 그 그림을 주문한 대사들이 왜 그림 속에 해골을 배치시키기를 원했는지에 대해서는 여러 가지 설이 있다. 그러나 그것이 일종의 메멘토 모리(memento mori)라는 데 모두 동의한다. 죽음의 존재를 잊지 않고 상기하기 위해 해골을 이용하는 중세적 관념을 나름대로 바꿔 사용한 것이다. 여기에서 중요한 것은 해골이 그 그림의 다른 부분과는 문자 그대로 전혀 다른 시각에 기초해 그려졌다는 점이다. 만약 이 해골이 그림의 다른 부분과 마찬가지 방식으로 그려졌다면 그것이 지닌 형이상학적 의미는 아마도 사라져 버릴 것이다. 그리고 그것은 그림 속에 그려진 다른 물건들과 마찬가지로 보일 것이다. 단지 죽은 사람의 해골의 일부로만 보일 것이다.

이런 문제는 유화의 전통에서는 항상 있어 왔다. 이러한 형이상학적 상징들이 그림 속에 도입될 때(예를 들어 나중에는 죽음의 상징으로, 사실주의적으로 묘사한 해골을 도입한 화가들도 있었다.) 흔히 드러내 놓고 물질감만을 정태적으로 강조하는 방식으로 그려졌기 때문에, 그들의 상징주의는 보통 아무런 실감도 주지 못하고 부자연스러워 보인다.

빌렘 드 포테르 〈허영〉.

유화의 전통에 속하는 평범한 종교화들이 위선적으로 보이는 것도 똑같은 모순 때문이다. 주제에서 말하고자 한 바가 대상을 그린 방식 때문에 공허해지는 것이다. 회화는 소유자의 즉각적인 기쁨을 불러일으키는 촉감을 자극하려는 원래의 경향성에서 벗어나지 못한다. 예를 들어 여기 막달라 마리아를 그린 석 점의 작품을 보자.

암브로시우스 벤슨(1519–1550년경 활동) 〈독서하는 막달라 마리아〉.

아드리안 반 데르 워프 〈막달라 마리아〉.

폴 자크 에메 보드리 〈참회하는 막달라 마리아〉 1859년 살롱 출품.

막달라 마리아 이야기의 핵심은 그리스도를 너무나 사랑한 그녀가 자신의 과거를 뉘우치고, 육체는 죽으면 덧없이 사라지고 마는 허무한 것이지만 영혼은 영원히 살아남는다는 것을 받아들이게 된다는 점이다. 하지만 위의 작품들을 그린 방식은 그러한 이야기의 본질과 모순된다. 자신의 과거를 뉘우치면서 벌어진 인생의 전환이 위의 작품들에선 전혀 일어나지 않은 것 같다. 그림을 그리는 방식이, 막달라 마리아가 육체적 욕망이나 쾌락을 완전히 포기했음을 제대로 표현할 수 없었던 것이다. 그녀는 그 무엇보다도 남자들이 탐내어 품어 보고 싶어 할 만한 여인으로 그려졌다. 그녀는 여전히 유화라는 방법이 유혹하는 대로 그려진 것이다.

여기서 윌리엄 블레이크(William Blake)라는 예외적인 경우를 살펴보는 것은 흥미롭다. 데생 화가이자 판화가였던 블레이크는 전통적인 방식으로 그림 그리는 법을 배웠다. 그러나 그림을 그릴 때는 유화 물감을 거의 사용하지 않았다. 여전히 전통적인 데생의 규범을 따르고 있지만, 그는 무슨 수를 써서라도 그림 속의 인물이 현실감을 전혀 갖지 않게 만들려고 애썼다. 투명한 무엇이 되어 서로 구별되지 않는 인물들, 중력을 거부하고, 분명 거기에 있지만 만질 수는 없는, 뚜렷한 표면이 없어도 빛이 나며 사물의 지위로 절대 떨어지지 않는 인물들을 표현하기 위해 노력했다.

윌리엄 블레이크. 단테의 『신곡』을 위한 삽화.

유화의 '실체성(substantiality)', 즉 실재하는 사물처럼 실감나게 그려내려는 유화의 속성을 블레이크는 극복하고자 했는데, 그의 이런 바람은 유화 전통의 의미와 한계에 대한 깊은 통찰에서 비롯된 것이다.

이제 다시 한번 두 대사를 보자. 남자로서 그들의 당당한 모습을 살펴보자. 이는 이 그림을 아주 다르게 읽는다는 뜻이다. 즉 프레임 안에서 그 그림이 보여 주는 차원에서가 아니라, 프레임 바깥의 세계에 대해 그 그림이 이야기하는 차원에서 해독하는 것이다.

한스 홀바인 〈대사들〉.

두 사람은 자신만만하고 격식을 차린 모습이다. 두 사람 사이에는 아무런 긴장감도 느껴지지 않고 아주 편한 상태인 것 같다. 하지만 그들은 화가를 —또는 우리를— 어떻게 보고 있는 걸까. 정면을 응시하는 그들의 시선과 자세에는 이상하게도 남으로부터 인정을 받고자 기대하는 기색이 전혀 없다. 마치 남의 인정을 받을 만한 가치가 전혀 없는 사람들인 것처럼. 그들은 그들과는 아무 관계도 없는 어떤 것을 보고 있는 것같이 보인다. 그들을 에워싸고 있긴 하지만 그것들로부터 벗어나고 싶은 어떤 것을 말이다. 기껏해야 그들을 찬양하는 군중일 수도 있고, 아니면 최악의 경우 낯선 침입자일 수도 있다.

이 두 사람과 세계의 나머지 부분과는 어떤 관계일까.

두 사람 사이의 선반에는 세상에서의 그들의 지위에 대해 말해 주며 상당한 정보를 제공해 주는 여러 가지 물건들이 그려져 있다. 이것들이 넌지시 가리키는 온갖 의미들을 읽어낼 수 있는 사람이 도대체 얼마나 될까. 이 그림이 그려진 지 사 세기가 지난 후의 우리들은, 우리들이 보는 관점에 따라 이 정보들을 해석할 수 있다.

맨 꼭대기 선반에 있는 과학기구들은 항해를 위한 것들이다. 이때는 노예매매와 통상을 위한 해상 무역로가 열려 다른 대륙으로부터 재부(財富)를 대롱으로 물 빨아들이듯 유럽으로 가져가기 시작할 무렵이다. 이를 통해 나중에 산업혁명이 본격적으로 일어나는 데 필요한 자본이 공급된다.

1519년 마젤란(F. Magellan)은 카를로스 오세(Charles V)의 후원을 받아 세계일주 항해를 시작했다. 그와 여행을 같이하기로 한 천문학자 친구는 이렇게 해서 만들어질 수입 중 이십 퍼센트를 그들 소유로 하고, 그들이 정복한 어떤 땅이든 그들이 통치할 수 있는 권리를 갖는 조건으로 스페인 궁정과 협약을 맺었다.

맨 아래 선반에 놓인 지구의(地球儀)는 마젤란의 최근 항해 지도가 그려져 있는 새 것인데, 홀바인은 이 지구의 위에 그림 왼쪽에 서 있는 대사 소유의 프랑스 내 영지 이름을 첨가해 놓았다. 그리고 지구의 옆에는 수학책과 찬송가 책, 그리고 류트(lute)가 있다. 새로운 땅을 식민지로 만들려면 그곳의 주민들을 기독교로 개종시켜야 하고 회개하는 법을 가르쳐야 한다. 그럼으로써 유럽 문명이 세상에서 가장 진보한 문명이라는 것을 그들에게 증명해 보여야 한다. 미술을 포함해서 말이다.

엠마누엘 데 비테 〈엘미나 성의 로이테르 장군〉.

한 아프리카 사람이 무릎을 꿇고 그의 주인이 유화를 볼 수 있도록 받치고 있다. 그 그림은 서아프리카 노예 무역의 한 중심지에 세워진 성(城)을 묘사하고 있다.

두 대사가 첫번째 식민지 개발사업에 얼마나 직접적으로 참여했느냐 아니냐 하는 것은 별로 중요하지 않다. 우리가 여기서 관심 갖는 것은 세상에 대해 이들이 취하고 있는 자세다. 이는 한 계급 전체가 일반적으로 취했던 자세다. 이 두 대사는, 세상이라는 것이 그들이 거주할 장소를 마련해 주기 위해 존재하는 것이라고 굳게 믿고 있는 계급에 속하는 사람들이다. 이러한 신념의 극단적 형태는 식민지의 정복자와 식민지로 정복당한 땅의 주민 사이에 만들어지는 관계에 의해 확인된다.

〈브리타니아(Britannia)에게 진주를 바치는 인도인〉 십팔세기.

정복자와 정복당한 자의 이러한 관계는 계속해서 자동적으로 영원히 지속하려는 경향을 갖는다. 타자를 보는 것이 각각 자기 자신의 비인간적인 가치판단을 강화시켜 상호간의 고립상태를 보여 준다. 이러한 관계의 순환성은 다음의 다이어그램 속에서 볼 수 있다. 서로 타자를 보는 방식은 그 자신에 대한 견해를 더욱 확고하게 만들어 준다.

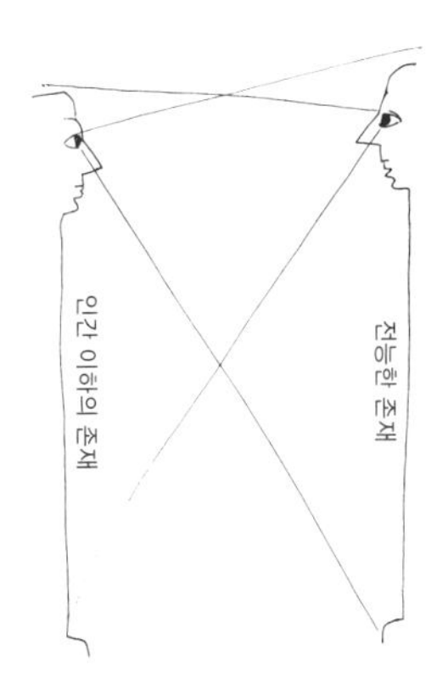

대사들의 시선은 둘 다 초연하고 신중하다. 그들은 어떤 상호적인 관계도 기대하지 않는다. 그들은 그들 자신의 초연함과 경계하는 태도 때문에 그들 현존의 이미지가 타인들에게 깊은 인상을 줄 수 있기를 바란다. 왕이나 황제가 실제로 자기 모습을 내보였을 때 이와 비슷한 방식으로 사람들에게 깊은 인상을 주었던 때가 있었다. 그러나 그들의 이미지는 상당히 비인간적인 것이었다. 이 그림에서 경험하는 낯설고 황당한 느낌은 **거리**를 암시하는 **개별화한 현존감**이다. 개인주의는 결국 평등을 전제로 한다. 그러나 이 경우 평등은 상상도 할 수 없다.

이런 갈등은 유화를 그리는 방식에서 다시 나타난다. 유화의 표면적 사실성은 그림을 보는 사람이 그림에 그려진 물건들 아주 가까이 있다는, 즉 그림 전경에 있는 물건들은 거의 손으로 만질 수 있을 만큼 가까이 있다는 생각이 들게 만드는 경향이 있다. 만약 그 대상이 물건이 아닌 사람이라면 이러한 근접성은 친밀한 관계를 암시하게 된다.

저스투스 스터맨 〈토스카나의 페르디난도 이세와 비토리아 델라 로베레〉.

그러나 공적인 초상화에서는 반드시 거리가 형식적으로 강조되어야만 한다. 평균 수준의 전통적 초상화들이 대체로 딱딱하고 경직돼 보이는 것은 화가의 솜씨가 모자라거나 기술이 떨어져서가 아니다. 이 인위성은 초상화를 보는 방식 깊숙이 내재하는 성질이다. 초상화의 주인공은 아주 가깝게 볼 수 있어야 함과 동시에 멀게도 볼 수 있어야 하기 때문이다. 그것은 현미경으로 어떤 표본을 보는 것과 유사하다.

초상화의 주인공들은 그들 각각의 독특한 모습으로 그림 속에 있다. 우리는 그들의 생김새를 여러 가지로 검토해 볼 수 있다. 그러나 그림 속의 그들 역시 비슷한 방식으로 우리들을 보고 있을 것이라고 상상하기는 힘들다.

아서 데비스 〈윌리엄 아터톤 부부〉.

공식적 초상화는 자기 자신의 모습을 그린 자화상이나 화가가 그의 친구를 그린 비공식적인 초상화와는 달리, 이런 문제의 해결에 조금도 도움이 되지 않는다. 그러나 이 공식적 초상화의 전통이 지속되어 감에 따라, 초상화를 그려 주는 화가 앞에 포즈를 취하는 사람들의 얼굴도 점점 일반화되었다.

조지 롬니 〈보몽 가의 사람들〉.

그의 모습은 정해진 의상에 어울리는 가면 비슷하게 된다. 오늘날 이러한 발전의 마지막 단계는 정치인들을 꼭두각시로 풍자하는 티브이 쇼 프로그램에서 볼 수 있다.

이제 유화의 전통의 일부로만 존재하고 다른 데는 없는 몇몇 장르들을 간략하게 살펴보자.

유화의 전통이 시작되기 이전의 중세 화가들은 흔히 그림 속에 종이처럼 얇게 펴놓은 금박판을 사용했다. 나중에 이 금박판은 그림에서는 사라지고 단지 그림틀에만 사용되었다. 그러나 여전히 많은 유화들은 금 또는 돈으로 살 수 있는 것들을 단순하게 과시하듯 보여 주는 데 지나지 않았다. 상품이 미술작품의 실제적인 주제들이 되었다.

얀 데 헤임 〈가재가 있는 정물〉.

이 그림에서 먹을 수 있는 것은 모두 눈으로 볼 수 있게 그려져 있다. 이런 그림은 단순히 화가의 능란한 기교를 과시하기 위한 것 이상이다. 그것은 그림 소유자의 재력과 일상의 생활방식이 실제로 어떠한지 보여 주기 위한 것이다.

동물 그림을 보자. 그림 속의 동물들은 자연상태에 있는 것이 아니라 그것들이 좋은 품종임을 증명하기 위해 그 족보를 강조하는 가축들이다. 그리고 그 가축들의 족보는 그것들을 소유한 사람의 사회적 지위를 강조해서 보여 준다. (동물들은 이렇게 네발 달린 값비싼 가구처럼 그려져 있다.)

조지 스터브스 〈링컨셔의 황소〉.

여러 가지 물건(objects)을 그린 그림도 있다. 그런데 어떤 물건은 의미심장하게도 소위 **예술작품(objets d'art)**이라고 불리는 것이다.

피터르 클레즈 〈정물〉.

그리고 건물을 그린 그림이 있다. 예를 들어 초기 르네상스 예술가들의 작품처럼 이상적인 건축작품으로 간주되는 건물이 아니라, 부동산으로 소유하고 있는 건물 그림을 말하는 것이다.

헨드릭 단커츠 〈정원사 로즈에게 파인애플을 받은 찰스 이세〉.

그리고 유화의 범주 가운데 가장 고상한 것으로 존중받는 역사 또는 신화 이야기를 그린 그림이 있다. 그리스나 고대의 인물이 등장하는 그림은 거의 자동적으로 정물화나 초상화 또는 풍경화보다 높게 평가되었다. 화가의 개인적인 서정주의가 표현된 몇몇 예외적인 작품들을 제외하고, 신화를 그린 그림들은 이 유화의 범주 가운데 가장 속이 비어 있어서 대부분 거들떠볼 가치조차 없는 것들이다. 마치 영원히 녹아 없어지지도 않는 왁스로 그려진 닳아빠진 그림들 같다. 그렇지만 그것들이 과거에 누려 왔던 문화적 위광(威光)과 대조되는 그 내용의 공허함은 사실상 직접적으로 연관되어 있는 것이다.

요한 조파니 〈타운리와 친구들〉.

바르톨로메우스 슈프랑거 〈지혜의 승리〉.

아주 최근까지도, 심지어는 오늘날도 어떤 동네에서는 고전적인 텍스트의 신화를 그림의 주제로 탐구하는 것이 정신적으로 가치있는 작업이라고 인정하고 있다. 이는 그 내재적 가치가 어떠하든, 이 고전 텍스트들이 지배계급의 보다 상위 계층에 속하는 사람들에게 그들 자신의 이상화된 행동의 형식을 추구하기 위한 일종의 참조체계를 마련해 준다고 생각하기 때문이다. 시, 논리학, 철학과 마찬가지로 고전 텍스트들은 일종의 의전(儀典) 체계를 보여 준다. 그것들은 모범으로 따라야 할 생활양식이 어떠한 것인지 보여 주며, 그렇지 않더라도, 이를테면 영웅적 행동이라든가 위풍당당한 권력행사, 격정, 용기있는 죽음, 고상하게 쾌락을 추구하는 방법 등을 보고, 최소한 삶의 위대한 순간들을 경험하고 있다는 느낌을 가질 수 있어야 한다.

그러나 그러한 위대한 장면들을 상기하기 위해 이렇게 공허하고 피상적인 그림들이 꼭 필요한 걸까. 그것들은 결코 상상력을 자극하지 못한다. 만일 그림이 상상력을 갖게 한다면 그림의 목적을 잘 수행한 것이 아니다. 이 그림들은 그것을 보는 관객이자 소유자인 사람들에게 새로운 체험을 할 수 있는 기회를 제공하는 것이 아니라, 그들이 이미 소유하고 있는 것을 다시 꾸며 주는 역할밖에 하지 못한다. 이와 같은 그림들 앞에서 관객이자 소유자들은 그 자신의 열정, 고통, 또는 너그러운 마음 씀씀이의 고전적 측면을 볼 수 있게 되기를 희망한다. 자신에 대한 그들의 생각을 지지하고 격려해 주는 이 이상화된 이미지들 속에서 그들은 자신의 (또는 그의 배우자나 딸의) 고귀한 모습을 발견하는 것이다.

때로는 한 가정의 딸들을 〈처녀성의 여신을 꾸며 주는 우아함의 여신들〉처럼 옷을 입힌 모습으로 그린 레이놀즈(J. Reynolds)의 그림처럼, 단순한 방식으로 고전적인 외양을 빌려 오는 경우도 있다.

조슈아 레이놀즈 〈처녀성의 여신을 꾸며 주는 우아함의 여신들〉.

때로는 모든 신화적 장면이 마치 관객이자 소유자인 사람이 팔을 뻗어 걸쳐 입기만 하면 되는 기성복처럼 기능하는 그림도 있다. 장면 전체가 물질로 넘쳐나지만, 그 뒤가 텅 비어 있어서 오히려 '걸치기'가 더 쉬워 보이는.

안루이 지로데 트리오종 〈발할라에서 나폴레옹의 관을 받아든 오시안〉.

그리고 하층 계급의 생활장면들을 묘사하는 소위 '장르화'는 신화 그림과는 정반대인 것처럼 생각되어 왔다. 말하자면 고귀한 것 대신 저속한 것으로서, 이 '장르화'의 목적은 —긍정적이든 부정적이든 간에— 이 세상의 덕성은 사회적이고 금전적인 성공으로 보상받는다는 것을 증명하는 데 있다. 값싼 그림이지만 이를 사는 사람들은 그들이 지닌 덕성이 확인되는 것이다. 이런 그림은 이제 막 부르주아지가 된 사람들 사이에서 특히 인기가 있었다. 그들은 그 그림 속에 그려진 인물과 자신을 동일시해서가 아니라, 그 장면이 예시하고 있는 도덕적 기준을 긍정했기 때문에 그 그림을 좋아했던 것이다. 그림 속에 그려진 사물이나 장면이 실제로 존재하는 것 같은 환영을 창조해낼 수 있는 유화의 능력은, 여기서 다시 한번 이런 감상주의적인 거짓말들이 실제로 벌어지는 일인 것처럼 느끼게 한다. 이를테면 정직하고 열심히 일하는 사람은 잘살게 되고, 아무짝에도 쓸모없는 게으름뱅이들은 아무것도 얻을 자격이 없다는 식이다.

아드리안 브라우어 〈선술집 풍경〉.

아드리안 브라우어(Adriaen Brouwer)는 유일한 예외적 '장르' 화가

였는데, 더러운 싸구려 술집과 그 속에서 막판의 삶을 살아가는 사람들을 묘사한 그의 참담한 리얼리즘은 감상적 도덕주의를 완전하게 배제한 것이다. 그런 까닭에 렘브란트나 루벤스와 같은 화가들을 제외하고는 그의 그림을 사 주는 사람이 전혀 없었다.

그러나 이 평범한 '장르화' 도 프란스 할스와 같은 '대가' 가 그리면 아주 다른 것이 된다.

프란스 할스 〈웃고 있는 어부 소년〉.

프란스 할스 〈어부 소년〉.

이 사람들은 가난뱅이다. 가난뱅이들은 도시나 시골 어디에서나 볼 수 있다. 하지만 집 안에 있는 가난뱅이를 그린 그림은 보는 사람들에게 더 커다란 안도감을 준다. 이 그림 속의 가난뱅이는 자신이 팔 물건들을 보여 주며 웃는다. (가난뱅이들은 이를 드러내고 웃지만, 부자들은 절대 이렇게 웃지 않는다.) 그들은 자신들보다 형편이 나은 사람들 앞에서 웃어 보인다. 형편이 나은 사람들의 비위를 맞추기 위해 웃고, 또한 물건을 팔거나 일자리를 얻을 수 있을 것 같다는 기대 때문에 웃는다. 이런 그림은 두 가지 주장을 하고 있다. 먼저 가난뱅이들은 행복하다는 것, 그리고 잘살 수 있다는 기대가 희망의 원천이라는 주장이다.

풍경은 유화의 범주에서 가장 논란이 적은 부분이다.

야코프 반 라위스달 〈폐가와 풍경〉.

최근의 생태학적 관심이 생기기 전에, 자연은 자본주의 활동의 대상으로 생각되지 않았다. 차라리 그것은 자본주의와 사교생활, 그리고 개인들 각각의 삶이 펼쳐지는 무대처럼 여겨졌다. 자연의 양상들이 과학적 연구의 대상이 되기는 했지만, 전체로서의 자연은 소유의 대상이 될 수 없었다.

얀 반 호이엔 〈어부가 있는 강 풍경〉.

좀 더 단순하게 말할 수도 있다. 하늘은 표면도 없고 만질 수도 없다. 하늘은 사물로 전환할 수 없으며 일정한 양으로 나타낼 수도 없다. 풍경화는 하늘과의 거리를 그리는 문제에서부터 시작한다.

십칠세기에 네덜란드에서 그려진 초기의 순수한 풍경화들은 직접적인 사회적 요구에 응답하기 위한 것은 아니었다. 〔그 결과 라위스달(J. van Ruysdael)은 굶주렸고, 호베마(M. Hobbema)는 그림을 포기해야만 했다.〕 처음부터 풍경화는 상대적으로 독립적인 활동이었다. 풍경화가들은 자연스럽게 유화의 전통방법과 규범들을 물려받았고, 대부분은 그 방법과 규범을 이어 가야 했다. 하지만 유화의 전통에 중요한 변화가 생기는 최초의 계기는 풍경화에서 나타났다. 십칠세기 이후로 시각과 이에 따른 기술적인 면에서의 커다란 혁신을 보여 준 화가들은 라위스달, 렘브란트(풍경화 연구를 통해 익힌 빛에 대한 감각을 작품에 적용), 컨스터블(J. Constable, 스케치에서), 터너, 그리고 유화 시기의 마지막에 등장한 모네(C. Monet)와 인상주의자들이다. 더욱이 그들이 이룬 혁신은, 실체를 손으로 만질 수 있을 것 같은 느낌을 주는 꼼꼼한 묘사에서 벗어나, 형체가 뚜렷하지 않고 손으로 쉽게 만질 수 없는 상태를 묘사하는 쪽으로 나아가는 것이었다.

그럼에도 유화와 소유 재산 사이의 특별한 관계는 풍경화의 이러한 진전에도 일정한 역할을 했다. 게인즈버러(T. Gainsborough)의 유명한 작품 〈앤드루스 부부〉를 예로 한번 살펴보자.

토머스 게인즈버러 〈앤드루스 부부〉.

케네스 클라크(Kenneth Clark)*는 게인즈버러와 이 작품에 대해 이렇게 썼다.

> 자신이 본 것에서 즐거움을 느꼈던 초기의 게인즈버러는 그림 속에 배경으로 풍경을 그려 넣곤 했다. 여기 앉아 있는 앤드루스 부부 뒤로 보이는, 섬세하게 관찰한 밀밭 풍경도 그렇다. 이 매혹적인 작품에서 보여 준 자연에 대한 애정과 대가다운 솜씨를 보면, 게인즈버러는 이후에도 같은 방향으로 더 깊게 나아갈 것이라고 기대하게 된다. 그러나 그는 대상을 직접 보고 현장에서 그리지 않고, 훗날 그를 유명하게 만들어 주는 선율적인 회화 스타일로 작업하는 방향으로 나아갔다. 최근 그의 전기 작가들의 말에 따르면, 게인즈버러는 초상화 그리는 일 때문에 자연을 보고 연구할 시간이 부족했을 것이라고 생각했다. 전기 작가들은 "이제 초상화는 지긋지긋하네. 그냥 비올라 다 감바(viola da gamba)를 들고 예쁜 시골마을에 가서 풍경이나 그리고 싶다네"라는 그의 유명한 편지 구절을 인용하면서, 기회만 있었다면 게인즈버러가 자연주의 풍경화가가 되었을 거라고 말한다. 그러나 이 편지는 게인즈버러의 루소주의적인 경향의 일부만을 보여 줄 뿐이다. 자연주의에 대한 게인즈버러의 진의(眞意)는 자신의 정원을 그려 달라고 부탁한 어떤 후견인에게 쓴 편지에서 드러난다. "소인 게인즈버러는 하드윅(Hardwicke) 경에게 무한한 존경을 바치는 바이며, 경을 위한 일이라면 어떤 일이든 영광스럽게 받아들이겠습니다. 하지만 **'진짜 자연 경관'**에 관해서라면, 이 나라에서는 가스파르 드 크레이에(Gaspard de Crayer)나 클로드 로랭(Claude Lorrain)의 가장 초라한 작품의 흉내라도 내 볼 수 있는 소재를 찾아볼 데가 없습니다."

하드윅 경은 왜 자신의 정원을 그림으로 남기고 싶었을까. 앤드루스

*Kenneth Clark, *Landscape into Art*, John Murray, London, 1966.

부부는 또 왜 자신들의 소유지가 분명한 곳을 배경으로 초상화를 그리게 했을까.

앤드루스 부부는 루소(J. J. Rousseau)가 상상하는 자연 속의 부부가 아니다. 두 사람은 지주이며, 땅 주인으로서의 자세나 표정에서 이미 배경이 되는 자연을 그들이 어떻게 생각하고 있는지 알 수 있다.

로렌스 고잉(Lawrence Gowing) 교수는 앤드루스 부부가 자신들의 재산에 관심이 있었다는 주장에 격분하며 항의했다.

> 존 버거는 이 훌륭한 작품에서 눈으로 확인할 수 있는 분명한 의미와 우리 사이에 어떻게든 끼어들어 보려고 애를 쓰는 것 같은데, 그 전에 지적할 것이 있다. 게인즈버러가 그린 앤드루스 부부가 자신들의 땅을 그저 소유하기만 한 것은 아니라는 증거들이 있다. 당시 이런 유의 그림들은 물론이고 게인즈버러의 스승이었던 프랜시스 헤이먼(Francis Hayman)의 유사한 작품을 봐도, 이런 풍경화의 주제는 철학적 사색을 즐기는 인물들을 분명히 보여 주고 있다. '대원칙… 즉 더럽혀지지 않은 원형 그대로의 **대자연**에서 느끼는 진정한 빛' 이 주는 즐거움인 것이다.

고잉 교수의 말은 그대로 인용할 만한 가치가 있는데, 이는 그 말이 미술사라는 주제에 끈질기게 붙어 있는 기만을 놀랄 만큼 잘 보여 주기 때문이다. 물론 앤드루스 부부가 오염되지 않은 대자연에서 철학적인 즐거움을 느꼈을 가능성은 매우 높다. 하지만 그렇다고 해서 그와 동시에 그들이 자신들의 소유지에 대해 뿌듯함을 느끼지 않았다고는 할 수 없다. 자연에 대한 철학적 명상을 즐기는 사람들을 우리는 토지를 소유한 지주 계급에서 흔히 찾아볼 수 있다. 그러나 '더럽혀지지 않은 원형 그대로의 자연' 을 즐기려면 그 땅을 소유하지 않으면 안 된다. 다시 말해서 다른 사람 소유의 자연은 여기에 포함될 수가 없다. 남의 땅에 무단으로 침입하면 쫓겨날 수밖에 없다. 만약 누군가 그 땅에서 감자라도 훔치다 걸리는 경우에는 지주이기도 했던 행정관의 명령에 따라 공개적으로 매질을 당해야 했다. 우리가 **'자연적'** 이라고 부르는 것의 정의와 관련해서는 엄격한 재산권의 제한이 있었다.

여기서 짚고 넘어가야 할 것은 앤드루스 부부가 자신들의 땅을 보며 느꼈던 즐거움 중에, 지주로서 자신들의 모습을 확인하는 즐거움이 있었고, 그 즐거움은 자신들의 땅을 실제처럼 보이게 했던 유화의 능력 덕분에 더욱 커졌다는 점이다. 우리가 일반적으로 배우고 있는 문화사(文化史)에서는 그런 해석이 일고의 가치도 없는 것처럼 취급되고 있기 때문에 그 점을 더욱더 분명하게 지적할 필요가 있다.

유럽의 유화에 대한 이와 같은 우리의 논의는 대단히 간략하여 매우 거칠다. 사실 이 정도는 장차의 연구를 위한 기본 계획—본격적인 연구는 아마 다른 이들의 몫이겠지만—에 지나지 않을 것이다. 그러나 계획의 출발점은 분명해야 한다. 유화는 그 자체의 고유한 특성 때문에 가시적인 세계를 재현하는 일정한 관습의 특별한 체계에 의존했다. 이렇게 한데 모인 관습들을 바탕으로 화가들은 세상을 보는 하나의 방식을 만들어냈다. 우리는 액자 안에 든 유화가 세상을 향한 상상의 창이라는 말을 종종 한다. 지난 사 세기 동안 생겨났던 매너리즘, 바로크, 신고전주의, 사실주의 등 여러 가지 다양한 양식의 변화에도 불구하고 유화의 전통 자체가 하나의 유산으로 남긴 것은 바로 이것이다. 하지만 우리의 주장은 다르다. 유럽의 유화로 대표되는 문화를 하나의 전체로 본다면, 그리고 그 문화가 스스로에 대해 주장하는 것을 제쳐 버리고 다시 생각해 보면, 그것의 모델은 세상을 향해 난 창이라기보다는 벽 안에 소중하게 박아 놓은 금고에 더 가깝다. 즉 가시적인 사물들을 한데 모아 저장해 둔 금고.

우리가 재산이라는 측면에 너무 집착하고 있다는 비난이 있지만, 사실은 정반대다. 재산에 강박적으로 집착하는 건 자본주의 사회와 문화다. 하지만 강박적 집착에 빠진 주체가 집착하는 것은 언제나 대상의 자연스러운 속성으로 보이게 마련이고, 따라서 그 자체로서 인식되지 못한다. 유럽문화에서 재산과 예술 사이의 관계는 자연스러운 것으로 본다. 누군가가 어떤 특정한 문화 분야에서 재산의 이해관계의 범위를 드러내 보여 주려고 한다면, 사람들은 그것이 **누군가**의 개인적인 집착을 드러내는 것이라고 말한다. 그런 평가는 기존 문화가 스스로에 대해 내리고 있는 그릇된 합리화를 더욱더 연장시킬 뿐이다.

전통과 그 전통을 만든 대가들 사이의 관계에 대한 거의 전체적으로 잘못된 해석 때문에 유화의 본질적인 특성을 알 수 없게 돼 버렸다. 예외적인 환경에 속했던 몇몇 예외적인 예술가들은 전통의 규범을 깨고 전통적 가치와는 정반대되는 작품들을 생산해냈는데, 그러한 예술가들이 오히려 이 전통을 가장 잘 대표하는 뛰어난 예술가로 칭송되었다. 그러한 주장이 가능했던 것은, 문제의 예술가들이 죽고 나면 전통은 그의 작품에서 몇몇 기술적인 요소들만 받아들인 후, 마치 원칙 자체는 전혀 흔들리지 않은 것처럼 계속 유지해 왔기 때문이다. 바로 그런 이유로 렘브란트나 페르메이르, 푸생(N. Poussin), 샤르댕(J. B. S. Chardin), 고야(F. Goya) 혹은 터너에게 진정한 후계자는 없고 피상적인 모방자들만 있을 뿐이다.

이와 같은 전통에서 '위대한 예술가'라는 일종의 스테레오 타입이 생겨났다. 위대한 예술가란 평생 투쟁을 해 온 사람이다. 한편으로는 열악한 물질적 환경에 맞서, 부분적으로는 사람들의 몰이해에 맞서, 그리고 또 부분적으로는 자기 자신에 맞서 투쟁을 하는 사람. 그는 천사와 씨름을 벌이는 야곱 같은 인물로 여겨진다. 〔그 예는 미켈란젤로(Michelangelo)에서 고흐(V. Gogh)까지 이어진다.〕 다른 문화에서는 예술가가 그런 식으로 생각되는 경우가 없다. 그렇다면 왜 이 문화에서만 그럴까. 공개적인 예술시장의 요구에 대해서는 이미 앞에서 언급한 바 있다. 하지만 투쟁은 꼭 먹고 살기 위해서만 하는 것이 아니다. 화가가 그에게 주어진 역할이 물질적 재산을 칭송하는 것에 불과하다는 사실에 불만을 가질 때마다, 그리고 그 대가로 그에게 주어진 사회적 지위에 불만을 가질 때마다, 화가는 장인으로서 그가 존중해야 한다고 배워 온 전통적 회화기법들을 그대로 받아들일 수가 없기 때문에 갈등하고 싸움에 나서게 마련이다.

이와 같은 논의를 뒷받침하기 위해서는 미술작품들을 예외적인 작품과 평범한 (즉 전형적인) 작품이라는 두 개의 범주로 구분하지 않을 수 없다. 물론 이 둘을 비평의 범주로 기계적으로 적용할 수는 없다. 미술비평가는 이 두 용어 사이의 대립관계를 잘 이해해야만 한다. 예외적인 작품이란 오랫동안의 성공적인 투쟁 끝에 얻어지는 것이다. 수많은 작품들이 아무런 투쟁 없이 만들어진다. 오랫동안 힘들게 끌어 왔지만 성공하지 못한 투쟁도 있다.

대략 열여섯 살 때부터 전통이 요구하는 바에 따라 이에 적합한 작업 방식을 공부했던 도제나 학생이 예외적인 화가가 되려면, 자기 나름의 독자적인 시각이 중요함을 깨닫고 전통적인 관습이 요구하는 것으로부터 벗어나 자신의 독특한 시각을 키워 나가야만 한다. 혼자 힘으로 자기가 이제까지 배워 온 예술의 규범에 맞서야만 하는 것이다. 어떤 의미에서는 화가로서의 시각을 거부하는 화가로 스스로를 생각해야만 한다. 이 말의 의미는 그동안 그 누구도 예측할 수 없었던 어떤 일을 하고 있다고 생각해야 한다는 것이다. 이를 위해 얼마나 큰 노력이 필요한지는 렘프란트의 자화상 두 점을 보면 짐작해 볼 수 있다.

첫번째 자화상은 그의 나이 스물여덟 살이던 1634년에 그린 것이고, 두번째 작품은 그로부터 삼십 년 후에 그린 것이다. 하지만 두 작품은 나이를 먹으면서 화가의 외모나 성격이 달라졌다는 사실 이상의 차이를 내포하고 있다.

렘브란트 반 레인 〈렘브란트와 사스키아의 초상〉.

첫번째 자화상은 렘브란트를 주인공으로 한 영화에서 보는 것과 같이 그의 생애에서 아주 특별한 순간을 차지한다. 그는 이 그림을 그가 첫번째 결혼을 하던 해에 그렸다. 여기서 렘브란트는 신부 사스키아(Saskia)를 남에게 자랑스럽게 보여 주고 있다. 그녀는 육 년 후 죽게 된다. 이 그림은 렘브란트라는 화가의 생애에서 가장 행복했던 시기를 요약해서 보여 주는 작품으로 자주 인용된다. 그러나 우리가 아무런 감상에도 흐르지 않고 작품을 차분히 보면, 이 작품에 그의 행복감이 표현되었다 해도 그저 형식상 그렇다는 것이지 렘브란트가 실제로 느낀 바를 그린 것이 아님을 알 수 있다. 이 작품에서 렘브란트는 전통적인 기법을 전통적인 목적에 맞게 사용하고 있다. 개인적 스타일도 알아볼 수는 있지만, 그건 전통적인 역할을 연기하는 새로운 배우의 스타일 정도에 불과하다. 그림 전체는 여전히 등장인물(이 경우에는 렘브란트 본인)의 행운과 특권, 부를 광고하는 것에 머물러 있고, 모든 광고가 그렇듯이 진심이 담겨 있지 않다.

렘브란트 반 레인 〈자화상〉.

두번째로 후기의 자화상에서 그는 전통을 완전히 뒤집어 놓았다. 전통의 언어를 가지고 전통 그 자체를 비틀고 있는 것이다. 이 그림에서 우리가 보는 것은 그저 한 노인이다. 렘브란트는 한 노인으로 그 자신을 그려 놓고 있다. 이 존재에 대한 질문, 질문으로서의 존재만을 제외하고는 모두 사라지고 없다. 노인이 된 그의 안에 있던 화가—그림 속의 노인보다 클지도 모르고 작을지도 모른다—는 전통적으로는 그런 종류의 질문을 배제하고 거부하기 위해 개발되어 왔던 바로 그 매체를 이용하여 바로 그것을 표현할 방법을 발견해낸 것이다.

6

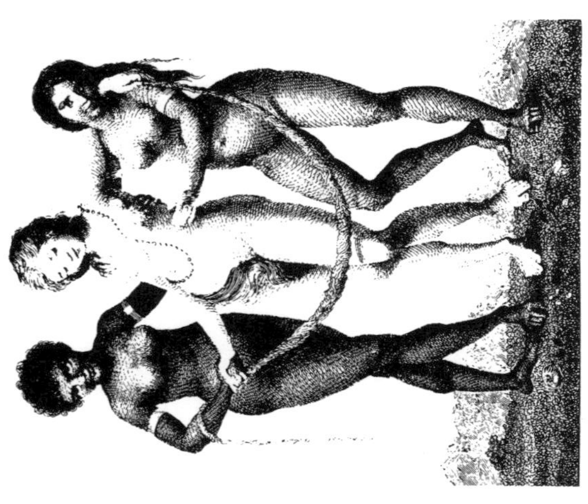

〈아프리카와 미국이 떠받치는 유럽〉.

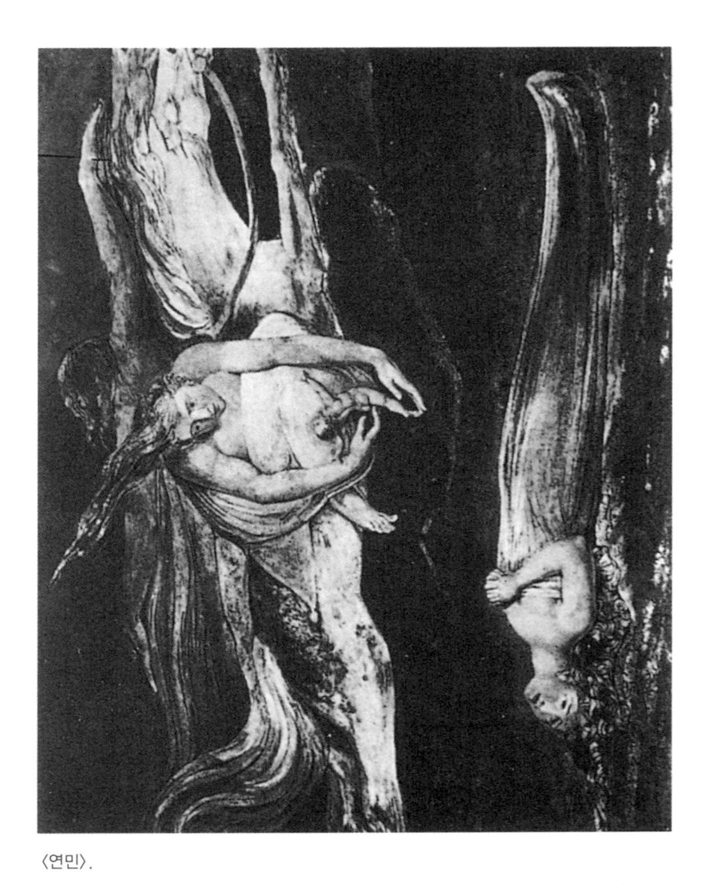

〈연민〉.

Enitharmon slept,
Eighteen hundred years: Man was a Dream!
The night of Nature and their harps unstrung:
She slept in middle of her nightly song,
Eighteen hundred years, a female dream!

Shadows of men in fleeting bands upon the winds:
Divide the heavens of Europe:
Till Albions Angel smitten with his own plagues fled with his bands
The cloud bears hard on Albions shore:
Fill'd with immortal demons of futurity:
In council gather the smitten Angels of Albion
The cloud bears hard upon the council house; down rushing
On the heads of Albions Angels.

One hour they lay buried beneath the ruins of that hall;
But as the stars rise from the salt lake they arise in pain,
In troubled mists o'erclouded by the terrors of struggling times.

1842년 뉴올리언스 로턴더에서의 그림과 노예 매매.

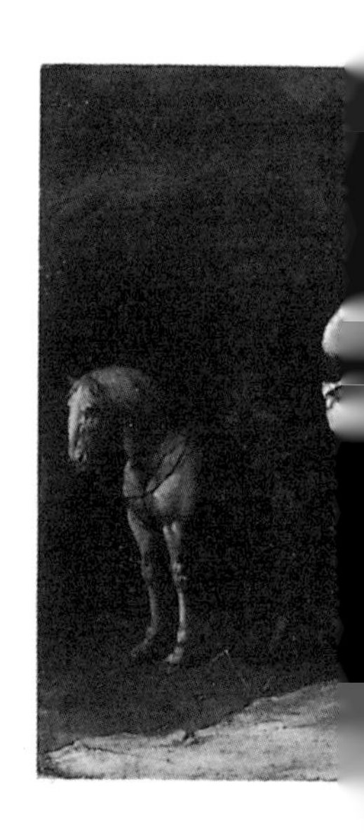

〈흰 스타킹을 신은 여인〉.

〈센 강가의 아가씨들〉.

〈쇠퇴기의 로마인들〉.

〈살롱〉.

〈니덴의 물의 요정 온딘〉.

〈카엔 부인〉.

〈성 안토니우스의 유혹〉.

〈행운〉.

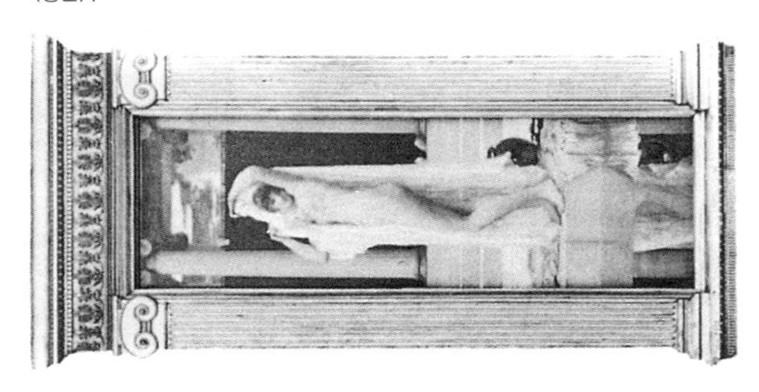

7

우리는 모두 우리가 살고 있는 이 도시 안에서 매일 수백 가지의 광고 이미지들을 보면서 산다. 이렇듯 광고처럼 자주 우리와 맞부딪치는 이미지는 없을 것이다.

역사적으로 보더라도 어떤 형태의 사회에서든 이와 같이 많은 이미지들이 한꺼번에 쏟아져 나오고 시각적인 메시지들이 밀집되어 있었던 적은 없었다.

이러한 광고 메시지들은 우리의 기억 속에 살아남기도 하고 잊혀지기도 하지만, 어쨌든 그것을 바라보는 잠깐 동안 우리는 그 메시지를 받아들이며, 이 메시지들은 우리로 하여금 무엇인가에 대한 기억을 떠올리게 하거나 혹은 무엇인가에 대한 기대를 갖게 함으로써 우리의 상상력을 자극한다. 광고 이미지는 지금 이 순간에 속해 있다. 우리는 책의 한 페이지를 넘길 때마다, 거리의 모퉁이를 지날 적마다, 차가 스쳐지나갈 때마다 그것들을 본다. 또한 텔레비전 화면에서도 상업 광고가 나타나면 그것이 끝나기를 기다리면서도 어쨌든 그것을 보게 된다. 광고는 끊임없이 새로워야 하고 유행의 최첨단을 걸어야 한다는 점에서도 역시 지금 이 순간에 속해 있다. 그러면서도 광고는 절대로 현재에 관해 얘기하지 않는다. 어쩌다가 과거에 관해 언급하는 경우도 있기는 하지만 항상 미래를 얘기하고 있다.

이처럼 광고 이미지를 받아들이는 데는 매우 익숙해져 있는 반면에 우리는 그것이 주는 전체적인 효과에 대해서는 거의 주목하지 않고 있다. 특별히 흥미있는 문제에 관한 특별한 이미지나 정보에는 가끔 주의를 기울이기도 하지만, 우리는 광고라는 시스템 전체를 마치 철따라 변하는 기후의 한 부분인 양 자연스럽게 받아들이고 있다. 이를테면, 광고가 지금 이 순간에 속해 있으면서도 미래에 관해 얘기함으로써 이상한 효과를 만들어내고 있어도, 우리는 광고에 매우 익숙해져 있는 까닭에 그 점을 쉽사리 깨닫지 못하고 있다. 대개 광고를 스쳐 지나가거나 넘겨다보는 것은 **우리 자신**이다. 걷거나 여행하거나 책장을 넘기면서 우리는 광고를 스친다. 텔레비전 화면을 보는 경우는 이와 좀 다르다. 그러나 이 경우에도 이론상으로는 우리 자신이 행위자다. 즉 우리는 화면으로부터 눈을 돌려 버리거나, 볼륨을 낮추거나 또는 커피를 마시거나 할 수 있다. 그런데도 우리는 우리 자신이 광고를 스치는 게 아니라, 광고가 끊임없이 우리를 스치고 있다는 인상을 갖는다. 마치 특급열차가 어디 멀리 떨어진 종착역을 향해 달리며 우리를 스쳐 지나는 것처럼 말이다. 우리는 정적(靜的)이고 광고는 동적(動的)이다. 우리가 읽던 신문을 내동댕이쳐도, 텔레비전 프로그램은 계속되고 광고 포스터는 계속 붙여지고 있다.

광고는 대개 궁극적으로 대중(즉 소비자)과 가장 유능한 제조업자들에게 이익이 되고, 따라서 국민경제에도 이익이 되는 자유경쟁적 매체라고 설명되고 평가된다. 구매자의 선택의 자유라는 둥 기업가의 자유라는 둥, 광고는 자유란 단어와 밀접한 관련을 갖고 있다. 자본주의 도시의 그 거대한 광고판들과 네온사인들은 '자유세계' 임을 금세 알아볼 수 있게 하는 시각적 표지물(標識物)이다.

동유럽 여러 나라 사람들은 서유럽의 이러한 광고 이미지들이 동유럽 사람들에게 결여되어 있는 것들을 단적으로 대변해 주는 것처럼 여긴다. 광고가 선택의 자유를 제공한다고 생각하는 것이다.

사실상 광고에서는 한 제조회사나 상사(商社)의 상표가 다른 회사의 상표와 서로 경쟁한다. 그러나 모든 광고가 서로 다른 광고 내용을 더 믿음직스럽게 만들고 효과있게 하는 것 또한 사실이다. 광고가 단지 경쟁적인 메시지의 집합인 것만은 아니다. 그것은 그 자체가 하나의 언어로서 언제나 다 함께 공통된 제안을 하고 있다. 광고의 내용을 보면 이 화장품과 저 화장품, 저 자동차와 이 자동차 중에서 고를 수는 있으나 한 시스템으로서의 광고 자체는 다른 선택의 여지를 주지 않은 채 오직 한 가지 제안밖에 하지 않는다.

그것은 우리 각자에게, 무엇인가를 더 사들임으로써 우리 자신이나 우리의 생활이 변하게 될 것이라고 제안한다.

또한 이렇게 이야기한다. 우리가 비록 돈을 써 버려서 전보다 가난하게 되더라도 우리가 조금 더 사들인 바로 그것들이 다른 면에서 우리를 부유하게 해 줄 것이라고 얘기한다.

광고는 겉보기에 전과 딴판으로 변화된 사람의 모습을 보여 주고, 그러한 변화의 결과로 그가 선망의 대상이 되고 있다고 우리를 설득한다. 남을 사로잡는 매력(glamour)이란 곧 선망의 대상이 되는 데서부터 생겨나는 것이다. 광고는 바로 이러한 매력을 제조해내는 과정이다.

따라서 이제 광고 자체와 그 광고가 선전하고 있는 것들로 얻을 수 있는 쾌락과 이익을 혼동하지 않는 것이 매우 중요하다. 정확히 말해, 광고란 실제 그 자체에 기생(寄生)한다는 점에서 효과적이라 할 수 있다. 옷이나 음식, 자동차, 화장품, 목욕용품, 햇빛 등은 그 자체로 즐길 수 있는 실제적인 것들이다. 광고는 쾌락을 찾으려는 인간의 자연스런 욕구를 일깨워 주는 것으로부터 시작한다. 그러나 광고는 쾌락의 실제적인 대상을 제공할 수 없다. 어떤 쾌락을 얻는 본래의 방식을 떠나서 정말로 그것을 대체할 수 있는 것은 이 세상 어디에도 없는 것이다. 광고가 따뜻한 고장의 먼 바다에서 수영하는 즐거움을 더욱 확실히 나타내면 나타낼수록, 광고를 보는 구매자들은 자신이 그곳으로부터 수백 마일 떨어져 있고, 수영할 수 있는 기회가 자기와는 아주 멀리 있다는 사실을 점점 더 확실히 깨닫게 될 것이다. 바로 이 점이, 광고가 선전하는 물건이나 기회를 아직 즐겨 보지 못한 구매자에게 진짜로 제공할 수 없는 이유인 것이다. 광고란 결코 쾌락 자체를 찬양하는 것이 아니다. 그것은 언제나 미래의 구매자를 대상으로 한 것이다. 항상 구매자들에게, 그들이 팔고자 하는 상품이나 기회에 의해 자신이 매력적인 인물이 되는 상상을 하게 만든다. 그리하여 그 이미지를 본 구매자들 자신이 마치 그렇게 된 것인 양 느끼게 하여 자신의 변한 모습을 부러워하게끔 한다. 그러나 과연 무엇이 그들을 남들의 선망의 대상인 것처럼 느끼도록 만들어 주는가. 그건 바로 다른 사람들의 선망이다. 광고란 어떤 대상이나 사물에 대한 것이 아니고, 인간의 사회적인 관계에 대한 것이다. 광고가 약속하는 것은 쾌락이 아니라 행복이다. 즉 다른 사람들에 의해 외부적으로 판단되는 행복이다. 선망받는 행복이 곧 매력(glamour)인 것이다.

선망의 대상이 된다는 것은 자신감의 고독한 형태다. 그것은 정확히 말해, 당신을 부러워하는 사람들과 당신의 경험을 나눠 갖지 않음으로써 가능한 것이기 때문이다. 남들은 당신을 관심을 갖고 보지만 당신은 그들을 관심을 갖고 보지 않는다. 만약 당신이 그렇다면 선망을 덜 받게 될 것이다. 이런 견지에서 본다면 선망의 대상이 되는 사람은 관료(官僚)와 다를 바 없다. 관료들이 비인격적이면 비인격적일수록 그들이 가진 권력의 환영은 (그들 자신에게나 또는 다른 이들에게) 더욱 커 보일 테니까. 관료들의 권력이 바로 그들이 지니고 있다고 생각되는 권위 속에 있듯이, 매력적인 인물들의 힘은 그들이 소유하고 있다고 생각되는 행복 속에 있다. 바로 이 점이, 광고 속의 그 많은 매력적인 인물들의 시선이 비어 있고 초점이 맞지 않은 듯이 보이는 이유의 설명이 된다. 이들은 그들을 매력의 대상으로 만들어 주는 다른 사람들의 선망의 시선을 무관심하게 **관망하는** 것이다.

광고를 보는 구매자들은 그 광고의 상품을 구입하면 이루어질 수 있을 법한 자신의 모습을 부러워하게 된다. 광고는 한 여인으로 하여금 그녀가 그 상품을 구입하면 자신이 선망의 대상이 —그녀를 아름답다고 여겨 주는 다른 사람들의 선망의 대상이— 될 것이라고 상상하도록 의도된 것이다. 달리 말하자면 이런 얘기다. 광고 이미지는 있는 그대로의 그녀 자신에 대한 애정을 슬쩍 훔쳐내어선 광고 상품의 구입 대가로 그 애정을 주인에게 되돌려 주는 것이다.

광고 언어는 카메라가 발명되기 전까지 사 세기 동안 서구적인 시각 방식을 지배해 왔던 유화(油畵)와 어떤 관계가 있는 것일까.

이런 질문은 단지 질문한다는 자체만으로도 분명한 해답을 얻을 수 있게 한다. 두말할 것 없이 오늘의 광고 언어와 유화 사이에는 직접적인 연속성이 있다. 단지 문화적인 품위에 관한 사람들의 생각 때문에 이 연속성이 모호해지는 것이다. 그러나 이런 연속성에도 불구하고 둘 사이엔 커다란 차이가 있으며, 이 점 역시 연속성 못지않게 신중하게 검토되어야 한다.

광고에는 과거의 미술작품을 직접 참조하고 인용한 예가 많다. 심지어 광고 이미지 전체가 유명한 그림의 모작(模作)인 경우도 있다.

에두아르 마네 〈풀밭 위의 점심〉.

광고 이미지는 때때로 그 메시지에 매력과 권위를 부여하기 위해 조각품이나 유화를 이용하기도 한다. 액자에 끼워 상점의 진열장에 걸어 놓은 유화가 그대로 진열품의 일부가 되는 일도 흔히 있다.

광고에 미술작품을 '인용' 하는 것은 두 가지 목적에서이다. 즉 미술은 풍요의 상징이며 훌륭한 생활의 테두리에 속하는 것이다. 미술은 세상 사람들이 부(富)와 아름다움을 더욱 돋보이게 하기 위해 마련한 장식의 일부이다.

그러나 미술작품은 또한 물질적인 관심보다 우월한 문화적인 권위 및 위엄의 한 형식을 암시하며, 심지어 지혜의 한 형식까지도 암시한다. 유화는 문화적인 유산에 속한다. 그것은 교양있는 유럽인들이란 어떤 사람들이었는가를 상기시켜 주는 것이다. 따라서 광고에 인용된 미술작품은 거의 상반된 두 가지 의미를 동시에 얘기할 수 있다. 즉 그것은 물질적인 부와 정신적인 것을 한꺼번에 의미한다. (바로 이 점 때문에 미술작품이 광고에 쓸모있게 인용되는 것이다.) 광고에 인용된 미술작품은 광고가 선전하고 있는 물품을 사는 일이 사치인 동시에 문화적으로도 가치있는 행위라는 것을 의미하고 있다. 사실상 광고는 대부분의 미술사가들보다 더 철저하게 유화의 전통을 이해했다고 볼 수 있다. 광고는 미술작품과 그 관객(소유자) 간의 관계가 무엇을 뜻하는지 잘 알아차렸고, 그 점을 이용하여 광고를 보는 관객(구매자)을 잘 설득하고 비위를 맞추어 물건을 사게 만드는 것이다.

그러나 유화와 광고 사이에는 특별한 작품의 '인용' 이상의 훨씬 더 깊은 연속성이 있다. 광고는 굉장히 많은 부분을 유화라는 언어형식에 의존하고 있다. 그것은 같은 것에 대해 같은 목소리로 얘기한다. 때때로 우리 눈에는 유화의 언어와 광고의 언어가 매우 비슷하게 보여서, 마치 온갖 이미지들 중 거의 동일한 이미지를 나란히 늘어놓고 '찾았다' 하고 외치는 게임이라도 할 수 있을 것처럼 여겨진다.

Jeanne d'Arc

IS IT FUR REAL?

You can take a White Horse anywhere

DEPTH
CHARGE

Enslave him with magic-
Holiday Magic.

그러나 이같은 상호 연관성은 비단 그림 자체로서 정확하게 서로 일치하는 차원이 아니다. 그것은 사용된 기호체계의 차원에서 중요한 의미가 있는 것이다.

바로 이 책에 실린 광고 이미지와 회화작품들을 비교해 보라. 아니면 사진, 화보잡지를 들추어 보거나, 거리로 나가 상가의 진열창들을 구경한 다음 도판이 실린 미술관의 전시 카탈로그를 들추어 보고 이같은 두 종류의 매체를 통해 얼마나 비슷한 메시지가 전달되고 있는지 주목해 보라. 이런 것들을 알아보기 위해서는 체계적인 연구가 필요하다. 여기서는 다만 그 수단과 목적에서 충격적일 정도로 유사성을 보여주는 몇 가지 사례를 지적하는 것으로 만족하려 한다.

마네킹의 몸짓과 신화적 인물들의 모습.

천연 그대로의 순결한 분위기를 연출하기 위한 자연(나뭇잎들, 나무들, 물)의 낭만적인 이용.

지중해의 이국적이고 향수 어린 매력.

흔히 여인을 상징하는 포즈들, 이를테면 온화한 어머니(마돈나), 바람둥이 비서〔여배우, 왕의 정부(情婦)〕, 완벽하고 흠잡을 데 없는 안주인(관객 겸 소유자의 부인), 성적(性的)인 대상(비너스, 남성의 습격을 받은 님프) 등.

성적인 것을 강조한 여자의 다리.

사치를 상징하기 위한 특별한 물건들, 예를 들어 조각된 금속 조각, 모피, 윤기가 흐르는 가죽제품 등.

관객의 눈에 띄도록 앞쪽에 배치한 연인들의 모습과 포옹.

새로운 삶의 생기를 북돋워 주는 바다.

부와 정력을 상징하는 남자의 신체적 자세.

원근화법으로 신비로움을 자아내는 거리감의 처리법.
음주와 성공의 동일시.
말 탄 옛날 기사(騎士)가 자동차를 모는 사람으로 바뀜.

왜 광고는 이렇게 유화의 시각적인 언어에 깊게 의존하게 되었을까.

광고는 소비사회의 문화다. 광고는 이미지를 통해 바로 이 소비사회가 스스로에 대해 갖는 신념을 선전한다. 이 이미지들이 유화라는 언어를 사용하는 데는 여러 가지 이유가 있다.

유화란 무엇보다도 사유재산에 대한 찬양이었다. 그것은 **당신이 소유한 것들이 곧 당신**이라는 원리에서 나온 미술형식이다.

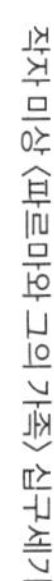
작자 미상 〈파르마와 그의 가족〉 십구세기.

광고가 르네상스 이후 유럽의 시각예술을 대신한다는 생각은 잘못이다. 그 시각예술이 마지막으로 소멸해 가는 형태가 광고인 것이다.

본질적으로 광고는 무언가에 대한 향수다. 그것은 과거를 미래에 팔아야만 한다. 광고는 광고 자체가 요구하는 기준을 스스로 채울 수 없다. 게다가 광고가 가치의 기준으로 삼는 것은 모두 복고적이고 전통적인 것에 근거를 둔다. 광고가 단순히 당대의 언어만을 사용한다면 그것은 확신과 신용을 모두 잃게 될 것이다.

광고는 광고를 보는 구매자들의 평균적 교육 수준을 자신에게 유리하도록 이용할 필요가 있다. 사람들이 학교에서 배운 역사, 신화, 그리고 시(詩)는 광고가 주는 매력(glamour)을 만들어내는 데 이용될 수 있다. 시가(엽궐련)가 킹(왕)이라는 이름으로 팔릴 수 있고, 여자의 속옷이 스핑크스를 배경으로, 새로운 자동차 모델이 시골의 멋진 복고풍 저택을 배경으로 하여 팔릴 수 있다.

유화의 언어에서는 이런 모호한 역사적 시적(詩的) 도덕적 참조물들이 언제나 현재로 존재한다. 그것들이 부정확하고 궁극적으로는 의미가 없다는 사실이 바로 유리한 점이다. 그것들은 진짜로 이해할 필요가 없이, 단지 피상적으로 알고 있는 문화적 유산들을 회상하게끔 해 주기 때문이다. 광고는 모든 역사를 신화처럼 만들지만, 정말로 이 일을 효과적으로 해내기 위해서는 역사적인 차원의 시각언어가 필요하다.

마침내 기술의 발전으로 유화의 언어는 쉽게 광고의 상투어로 바뀌어 쓰일 수 있게 되었다. 이것은 약 십오 년 전 값싼 컬러사진이 발명되면서부터이다. 이러한 사진은 사물들의 색과 질감 및 입체감까지도 실감나게 재현해낼 수 있다. 과거에는 유화로만 가능한 일이었다. 유화가 그 그림을 소유하는 사람과 관계되어 있는 것처럼, 컬러사진은 광고를 보는 구매자들과 관계를 갖는다. 이 두 가지 매체는 서로 비슷하면서도 고도로 촉각적인 수단으로서, 그 이미지들이 보여 주는 **실제의** 사물들을 획득했다는 느낌을 보는 사람에게 준다. 두 경우 다 이미지 안의 것을 손대고 만질 수 있다는 느낌이 들게 하고, 이 느낌이 그로 하여금 진짜 물건을 소유하거나 소유한 것 같은 생각을 불러일으키게 하는 것이다.

피테르 클레즈 〈술잔이 있는 정물〉.

그러나 이같은 언어로서의 연관성에도 불구하고 광고의 기능은 유화의 기능과는 꽤 다르다. 광고를 보는 구매자와 세계와의 관계는, 유화를 소유한 사람과 세계와의 관계와는 아주 다르다.

유화는 소유주가 자신의 소유물들과 생활방식을 통해 이미 향유하고 있던 무언가를 보여 준다. 그리고 그 자신이 가치있는 인물이라는 느낌을 더욱 확고하게 갖도록 한다. 유화는 기존의 자기 자신이 좀 더 잘난 존재라고 느끼도록 해 준다. 그것은 사실들, 즉 그의 생활의 실제에서 시작되었다. 그림은 그가 실제로 살고 있던 저택의 내부를 꾸며 주는 것이었다.

광고의 목적은 광고를 보는 사람으로 하여금, 어딘가 자기의 현재 생활방식이 만족스럽지 못한 느낌을 갖도록 만드는 데 있다. 사회의 일반적 생활방식에 대해서가 아니라, 그 사회 안에서의 자신의 개인적 생활방식에 대해 불만을 느끼도록 만드는 것이다. 광고에서는, 만일 그가 광고하는 물품을 구입한다면 그의 생활이 보다 나아질 것이라고 얘기한다. 광고는 그의 현재 상태가 아닌, 그보다 더 나은 다른 상태를 제시한다.

유화는 시장(市場)을 통해 돈을 버는 사람들에게 호소하는 것이었다. 광고는 시장을 구성하고 있는 사람들에게 호소하는 것이다. 이들은 바로 광고를 보고 물건을 사는 사람들이며, 노동자인 동시에 구매자로서 물건의 소비자일 뿐만 아니라 생산자이기도 하다. 그러므로 두 배의 이익이 이들로부터 뽑아진다. 광고에 대해 비교적 영향을 덜 받는 사람들은 갑부들뿐이다. 그들의 돈은 써서 없어지는 것이 아니라 그들 수중에 그대로 간직되는 것이기 때문이다.

모든 광고는 불안감이 있기 때문에 효과를 발휘할 수 있다. 돈이 전부이고, 돈을 벌어야 불안감이 사라진다.

광고는 "만일 당신이 아무것도 갖지 못한다면 당신은 아무것도 될 수 없다"라는 두려움을 유발시키고 이를 이용한다.

돈은 곧 삶이다. 돈이 없으면 굶어 죽는다는 의미가 아니다. 또한 한 계급이 다른 계급의 생활 전체를 지배할 수 있는 능력은 바로 자본에서 생겨난다는 의미도 아니다. 단지 돈이 모든 인간 능력의 상징, 열쇠가 되고 있다는 의미다. 돈을 쓰는 능력이란 곧 사는 능력이다. 광고의 선전에 따르면, 돈을 쓰는 능력을 잃으면 문자 그대로 체면이 서지 않는다는 말이다. 그 능력이 있어야 사랑받을 수 있게 된다.

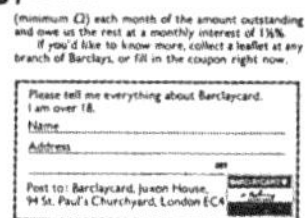

광고는 어떤 상품이나 서비스를 파는 데 성적(性的)인 요소를 점점 더 많이 이용한다. 그러나 이 성적인 요소는 그 자체로 자유롭지 못하다. 그것은 다만 그것보다 더 커다랗다고 생각되는 것들의 상징일 뿐이다. 말하자면 다음과 같은 이야기다. 훌륭한 생활이란 당신이 원하는 것은 무엇이나 살 수 있는 생활이다. 물건을 살 능력을 지녔다는 것은 성적인 매력을 지녔다는 것과 같다. 예의 신용카드 광고에서처럼 이 점이 노골적으로 표현되어 있는 경우도 있다. 그러나 보통은 암시적으로 표현된다. 즉 만일 당신이 이 상품을 살 수 있다면 당신은 이성으로부터 사랑받게 될 것이고, 살 수 없다면 사랑을 덜 받게 될 것이라는 식이다.

광고에 의하면 현재란 불충분하다고 단정적으로 얘기된다. 유화는 영원히 남는 기록이라고 생각되어 왔다. 그림이 그 소유자에게 주는 기쁨 중 하나는 그것이 자신의 현재 이미지를 미래의 후손에게 전해 줄 수 있다는 생각이다. 따라서 유화는 자연히 현재 시제로 그려져 있다. 화가는 실제에서건 혹은 상상에서건 그가 현재 눈으로 보는 것을 그렸다. 반면에 순간적인 쓰임새 때문에 만들어진 광고의 이미지는 미래 시제만을 사용할 뿐이다. 이것으로 당신은 장차 이성의 인기를 한 몸에 모을 수 **있을 것이다.** 이러한 환경 속에서 당신의 관계는 이제 한결 행복하고 빛나는 것이 **될 것이다** 등등.

광고는 원칙적으로, 그 광고가 팔려고 하는 특별한 상품의 기능을 통해 딴 사람으로 변신하려는 기대를 갖고 있는 노동자 계층에게 호소한다.(신데렐라) 중류층에게 광고는, 그러한 상품들을 구입하면 전체적으로 조화가 잘된 분위기를 통한 상호관계의 개선을 약속한다.(요술 궁전)

광고는 미래 시제로 얘기하지만, 그 미래의 달성은 끊임없이 연기된다. 그렇다면 어떻게 해서 광고가 그 영향력을 미칠 수 있으리라고 여겨질 만큼 믿음직하게 보이게 되는 것일까. 광고의 진실성이란 광고가 내건 약속을 충실히 이행했는가로 판단되는 것이 아니라, 광고가 주는 환상이 그 광고를 보고 물건을 사는 사람들이 품는 환상에 얼마나 적절하게 들어맞느냐로 판단되기 때문이다. 광고는 본질적으로 현실에 적용되는 것이 아니라 백일몽에 적용된다.

이것을 좀 더 잘 이해하려면 **매력(glamour)**이라는 관념을 다시 돌이켜 보아야 한다.

글래머는 현대의 발명품이다. 유화의 전성기에 이런 것은 존재하지 않았다. 우아함이라든지 고상함, 권위라는 관념이 겉으로 보기에는 글래머라는 관념과 어느 정도 비슷한 것 같으나 근본적으로는 다르다.

토머스 게인즈버러 〈시든스 부인〉.

게인즈버러(Gainsborough)가 그린 시든스(Siddons) 부인은 선망의 대상인 글래머가 아니다. 왜냐하면 그녀는 선망의 대상으로, 즉 행복한 모습으로 그려져 있지 않기 때문이다. 그녀는 부유하고 아름답고 재능있고 운 좋은 여인으로 보인다. 그러나 그녀의 자질은 그녀 자신의 고유한 것이고 그렇게 여겨져 왔다. 그녀의 참된 본질은 다른 사람들이 그녀처럼 되었으면 하는 소원과는 전혀 무관하다. 그녀는 앤디 워홀(Andy Warhol)이 보여 주는 매릴린 먼로(Marilyn Monroe)처럼 다른 사람들의 선망에 의해 창조된 것이 아니다.

앤디 워홀 〈매릴린 먼로〉.

글래머라는 것은, 한 개인이 사회에 대해 갖게 되는 선망이 사회 전반에 널리 퍼진 공통의 정서가 됨으로써 존재할 수 있는 것이다. 민주주의로 향하다 중도에 멈춘 산업사회는 그러한 정서를 만들어내기에 안성맞춤의 사회다. 개인적인 행복의 추구는 만인의 권리로 인정되었다. 그러나 실제의 사회적 환경은 개인으로 하여금 무력하게 느끼도록 만들고 있다. 그는 그가 되었으면 하고 바라는 상태와 현재 그 자신의 상태와의 모순 속에 살고 있다. 그리하여 그 모순과 원인을 충분히 깨닫고 진정한 민주주의를 향한 정치적인 투쟁에 참가하거나, 아니면 자기 자신의 무력감과 함께 뒤섞여서 백일몽으로 융해되어 버린 선망에 사로잡힌 채 살아가야 한다.

왜 광고가 그럴듯해 보이는지에 대한 납득할 만한 대답은 바로 여기에 있다. 광고가 실제로 제공하는 것과 광고가 약속하는 미래 사이의 간극은, 광고를 보고 물건을 사는 사람 자신이 느끼는 현재의 처지와 그가 되고 싶어 하는 처지 사이에 벌어진 간극과 일치한다. 그 두 간극은 하나가 된다. 그러나 실제 행동과 생생한 경험에 의해서 다리가 놓여져 하나로 되는 것이 아니라, 그 간극은 매혹적인 백일몽으로 채워지는 것이다.

이러한 과정은 흔히 노동조건에 의해 또다시 강화된다.

의미 없는 노동시간의 연속으로 이루어진 끝없는 현재는 꿈속의 미래에 의해서 '상쇄돼 버린다.' 이 미래의 꿈 속에서 노동하는 순간의 피동성(被動性)은 상상적인 행동에 의해 대치된다. 백일몽 속에서 피동적인 남녀 노동자는 능동적인 소비자로 바뀐다. 노동하는 자아는 소비하는 자아를 선망하는 것이다.

세상엔 똑같은 꿈이란 없다. 어떤 것들은 순간적이고 어떤 것들은 지속적이다. 꿈이란 언제나 꿈꾸는 사람의 개인적인 것이다. 광고는 꿈을 제조해내지 않는다. 광고가 하는 일은 단지 우리 각자에게, 우리는 아직 남들의 선망의 대상이 되지 않고 있지만 장차 그렇게 될 수 있다고 이야기해 주는 것이다.

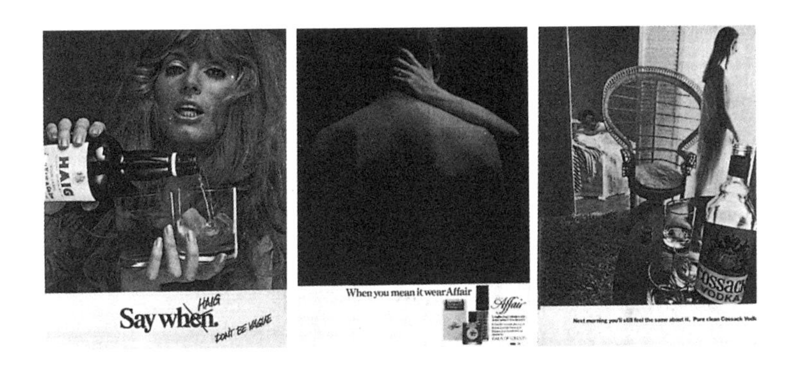

광고는 또 다른 중요한 사회적 기능을 지닌다. 광고를 만들거나 이용하는 사람이 이 기능을 의도적으로 계획하지 않았다고 해서 그 기능의 중요성이 감소되는 것은 아니다. 광고는 소비를 민주주의의 대체물로 만들어냈다. 무엇을 먹을까, 무슨 옷을 입을까, 무슨 차를 탈까 하는 선택은 의미있는 정치적 선택을 대치하고 있다. 광고는 사회 내부의 비민주적인 모든 것들을 은폐하거나 보상해 주는 일을 돕는다. 그리고 그것은 세계의 또 다른 지역에서 어떤 일들이 일어나고 있는가 하는 것을 은폐해 준다.

광고는 또한 하나의 철학 체계이다. 광고는 모든 것을 그 자체의 논리로 설명한다. 그것은 세계를 자기 나름으로 해석한다.

전 세계가 훌륭한 생활에 대한 광고의 약속을 이행하는 데 필요한 배경이 된다. 전 세계가 우리에게 미소 짓는다. 광고에 의해 전 세계는 우리에게 그 자신을 열어 보인다. **세계의 모든 곳**이 우리들에게 자신을 열어 보이고 있다고 상상되기 때문에 **세계의 모든 곳**은 다소 동일하게 보인다.

광고에 따르면, 세련됨이란 분쟁을 일으키지 않고 사는 것이다.

광고는 혁명까지도 자기 식으로 소화해낸다.

세계에 대한 광고의 해석과 세계의 실제 조건은 엄청난 콘트라스트를 이룬다. 이 콘트라스트는 때때로 뉴스를 다루는 컬러판 잡지들에서 명백히 드러난다. 다음 페이지는 그러한 잡지의 목차 면이다.

The Picturesque Slum: the House of Commons, how it works, and why it doesn't work better, by Tom Driberg; models by Roger Law and Deirdre Amsden. **Page 8**

The Road from Bangla Desh: the plight of the East Pakistan refugees (right), photographed by Donald McCullin. **Page 20**

The Fuehrer's Mistress: the strange love affair of Eva Braun and Adolf Hitler, by Antony Terry; with newly released photographs. **Page 28**

High-Speed Lib: profile of Marie-Claude Beaumont, the first woman for 20 years to drive at Le Mans, by Judith Jackson, photograph by David Steen. **Page 40**

Chess by C. H. O'D. Alexander; **Bridge** by Boris Schapiro; **Mephisto Crossword** **Page 44**

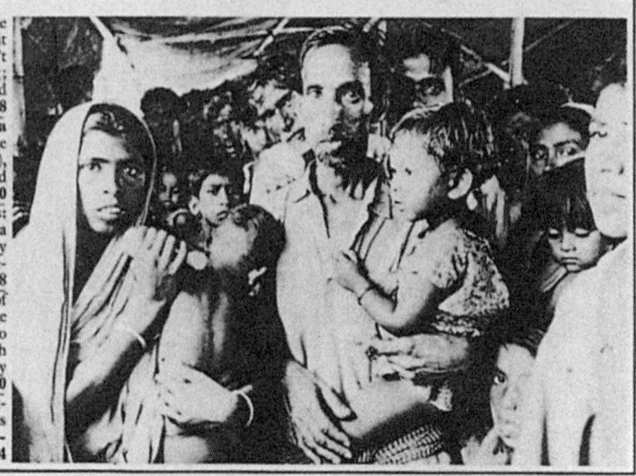

그러한 콘트라스트의 충격은 상당하다. 이러한 두 세계가 공존하기 때문이 아니라, 그것들을 위아래로 나란히 실을 수 있는 문화의 냉소적 태도 때문이다. 이러한 이미지를 이렇게 위아래로 나란히 싣는 것은 계획된 것이 아니라고 주장할 수도 있다. 그러나 아무리 그렇게 얘기해도, 본문, 파키스탄에서 찍힌 사진, 광고사진, 그 잡지의 편집, 그 광고의 지면 배정, 이 두 가지가 함께 인쇄된 일, 광고 페이지와 뉴스 페이지가 동등해질 수 없다는 사실 등, 이 모든 것들을 바로 동일한 문화가 만들어내고 있다.

그러나 특별히 강조해야 할 점은 그러한 콘트라스트가 던져 주는 도덕적 충격이 아니다. 광고자들 자신도 그러한 충격을 감안할 수 있다. 『애드버타이저스 위클리(Advertisers Weekly)』지(1972년 3월 3일)는 몇몇 광고 회사들이 뉴스 잡지에서 어두운 사건의 뉴스 사진과 광고가 불행하게도 같은 지면에 실리게 될 경우 생겨나는 상업적인 위험성을 깨닫고, 그때에는 덜 건방지게 느껴지는 차분한 이미지를, 그것도 때로는 컬러보다는 흑백사진 이미지를 사용하기로 결정했다고 보도했다. 우리가 깨달아야 할 것은 그러한 콘트라스트가 광고의 본질에 대해 무엇을 드러내 보여 주는가 하는 점이다.

광고에서는 본질적으로 **사건이 일어나지 않는다.** 광고는 그것 이외에 아무 일도 생겨나지 않을 때만 효력이 있다. 광고에서 모든 진짜 사건들은 예외적인 일이고 남들에게나 생기는 일이다. 방글라데시의 사진을 볼 때 그 사건은 비극적이지만, 나와는 거리가 먼 곳에서 일어난 일이었다. 그러나 만일 그 사건들이 데리(Derry)나 버밍엄(Birmingham)과 같이 아주 가까운 곳에서 일어났다면, 그 콘트라스트는 그에 못지않게 상당히 충격적이었을 것이다. 뿐만 아니라 그러한 콘트라스트는 반드시 그 사건이 비극적이라는 점에 달려 있는 것은 아니다. 만일 사건이 비극적이라면, 그 비극은 그러한 콘트라스트에 대해 우리의 도덕적 감각을 일깨워 줄 것이다. 또한 만일 그 사건이 기쁜 일이었고, 직접적이고 상투적이 아닌 방식으로 찍혔다면 그 콘트라스트 역시 상당한 것이 될 것이다.

광고는 계속 연기되는 미래에 근거를 두기 때문에 현재를 배제하고, 그럼으로써 모든 생성과 발전의 여지를 아예 없애 버린다. 광고 안에서의 경험이란 불가능하다. 일어나는 모든 것은 광고 밖에서 일어나는 법이기 때문이다.

광고 안에서는 어떤 사건도 일어나지 않는다는 사실은, 광고 안에서 사건을 실제처럼 만들어 주는 언어를 사용하지 않았더라면 이내 명백히 드러났을 것이다. 광고가 보여 주는 것들은 모두 장차 어떤 사람에 의해 획득되기를 기다린다. 획득한다는 것은 다른 모든 행동을 대신할 수 있는 것이고, 소유하고 있다는 느낌은 다른 모든 느낌들을 없애 버린다.

광고는 막대한 영향력을 갖고 있으며, 매우 중요한 정치적 현상이다. 그러나 광고가 참조하고 인용하는 것들은 넓은 영역에 걸쳐 있는 반면, 광고가 제공하는 것은 좁은 범위 안에 한정되어 있다. 그것은 획득할 수 있는 능력 이외에는 아무것도 인정하지 않는다. 다른 모든 인간의 기능이나 필요성은 이 능력에 비해 부차적인 것이 되어 버린다. 모든 희망이 한데 모이고, 동질화되고, 단순화된다. 그렇게 모인 희망들은 정체불명이긴 하지만 강력하고, 물건을 살 때마다 반복되면서 마력적인 약속이 된다. 자본주의 문화 안에서 그와는 다른 종류의 희망이나 만족감 또는 쾌락은 어떤 것이라 할지라도 더 이상 기대될 수 없다.

광고는 이 문화의 생명이고 —광고 없이는 자본주의 사회가 살아남을 수 없을 정도로— 동시에 광고는 이 문화의 꿈이다.

자본주의는 다수의 관심을 가능한 한 좁은 범위 안에 가두어 놓음으로써 그 생명을 이어 나간다. 이것은 한때, 일단은 광범위한 분야에 걸친 수탈로 달성되었다. 오늘날에 와서는 발전된 국가들에서 무엇이 바람직한 것이고 무엇이 바람직하지 않은가에 잘못된 기준을 부여함으로써 이를 달성하고 있다.

르네 마그리트 〈자유의 시초〉.

복제된 작품 목록

앞의 숫자는 페이지 번호임.

10 〈꿈의 열쇠〉 르네 마그리트(René Magritte, 1898–1967). 개인 소장.
16 (위) 〈자선 요양원의 이사(理事)들〉 프란스 할스(Frans Hals, 1580–1666). 프란스 할스 미술관, 하를럼.
16 (아래) 〈자선 요양원의 여이사(女理事)들〉 프란스 할스. 프란스 할스 미술관, 하를럼.
24 (위) 〈버드나무 의자가 있는 정물〉 파블로 피카소(Pablo Picasso, 1881–1973).
26 〈동굴 속의 성모〉 레오나르도 다 빈치(Leonardo da Vinci, 1452–1519). 내셔널 갤러리, 런던.
28 〈동굴 속의 성모〉 레오나르도 다 빈치. 루브르 박물관, 파리.
29 〈성 안나와 성모와 아기 예수와 세례 요한〉 레오나르도 다 빈치. 내셔널 갤러리, 런던.
31 〈비너스와 마르스〉 산드로 보티첼리(Sandro Botticelli, 1445–1510). 내셔널 갤러리, 런던.
33 (위) 〈골고다 언덕으로 가는 행렬〉 피터르 브뤼헐(Pieter Breughel, 1525–1569). 미술사 박물관, 빈.
33 (아래) 〈밀밭의 까마귀〉 빈센트 반 고흐(Vincent van Gogh, 1853–1890). 스테델레이크 미술관, 암스테르담.
37 〈우유를 붓는 여인〉 얀 페르메이르(Jan Vermeer, 1632–1675). 국립미술관, 암스테르담.
46 (위 왼쪽) 〈누드〉 파블로 피카소.
46 (위 오른쪽) 〈누드〉 아메데오 모딜리아니(Amedeo Modigliani, 1884–1920). 코톨드 미술관, 런던.
46 (아래 왼쪽) 〈두 번 다시〉 폴 고갱(Paul Gauguin, 1848–1903). 코톨드 미술관, 런던.
46 (아래 오른쪽) 〈서 있는 누드〉 알베르토 자코메티(Alberto Giacometti). 테이트 갤러리, 런던.
47 〈밧세바〉 렘브란트 반 레인(Rembrandt H. van Rijn, 1606–1669). 루브르 박물관, 파리.
51 (위) 〈파리스의 심판〉 페테르 루벤스(Peter P. Rubens, 1577–1640). 내셔널 갤러리, 런던.
53 〈누워 있는 바쿠스 여신〉 펠릭스 트루타(Félix Trutat, 1824–1848). 순수미술관, 디종.
57 〈에덴의 동산: 유혹, 멸망, 추방〉 『드 베리공의 매우 호화로운 시도서(時禱書)』의 미니어처. 랭부르(Limbourg) 형제. 1416년 이전. 콩데 미술관, 샹티이.
58 (위) 〈아담과 이브〉 얀 호사르트(Jan Gossart, ?–1533년경) 〔일명 마부제(Mabuse)〕. 영국 여왕 컬렉션.
58 (아래 왼쪽) 〈남녀 한 쌍〉 막스 슬레포크트(Max Slevogt, 1868–1932).
59 〈수잔나와 장로들〉 자코포 틴토레토(Jacopo Tintoretto, 1518–1594). 루브르 박물관, 파리.
60 (위) 〈수잔나와 장로들〉 자코포 틴토레토. 미술사 박물관, 빈.
60 (아래) 〈허영〉 한스 멤링(Hans Memling, 1435–1494). 스트라스부르 미술관.
61 (위) 〈파리스의 심판〉 루카스 크라나흐(Lucas Cranach, 1472–1553). 주립박물관, 고타.
61 (아래) 〈파리스의 심판〉 페테르 루벤스. 내셔널 갤러리, 런던.
62 〈넬 그윈(Nell Gwynne)〉 피터 렐리(Peter Lely, 1618–1680). 데니스 바우어 컬렉션. 치딩스톤 성, 켄트.
63 (위 왼쪽) 인도 라자스탄의 그림. 십팔세기. 아지트 무커즈, 뉴델리.
63 (위 가운데) 〈비슈누와 락슈미〉 십일세기. 파사바나사 사원, 카주라호.
63 (위 오른쪽) 성적 행위를 묘사한 모치카 도기(陶器). 사진 시페 존슨(Shippee-Johnson). 리마, 페루.
64 〈시간과 사랑의 알레고리〉 아뇰로 브론치노(Agnolo Bronzino, 1503–1572). 내셔널 갤러리,

런던.

65 (왼쪽) 〈그랑드 오달리스크(La Grande Odalisque)〉 부분. 장 오귀스트 도미니크 앵그르(Jean Auguste Dominique Ingres, 1780–1867). 루브르 박물관, 파리.

66 〈바쿠스, 케레스, 큐피드〉 한스 본 아헨(Hans von Aachen, 1552–1615). 미술사 박물관, 빈.

67 〈오레아디(Les Oréades)〉 윌리엄 부그로(William Bouguereau, 1825–1905). 개인 소장.

69 〈다나에(Danäe)〉 부분. 렘브란트 반 레인. 에르미타주 미술관, 레닌그라드.

72 〈모피를 걸친 엘렌 푸르망〉 페테르 루벤스. 미술사 박물관, 빈.

74 〈옆으로 누워 있는 여자를 그리는 남자〉 알브레히트 뒤러(Albrecht Dürer, 1471–1528).

75 『인체 비례에 관한 네번째 책』의 목판화. 알브레히트 뒤러.

76 (위) 〈우르비노의 비너스〉 티치아노 베첼리오(Tiziano Vecellio, 1487/90–1576). 우피치 미술관, 피렌체.

76 (아래) 〈올랭피아〉 에두아르 마네(Edouard Manet, 1832–1883). 루브르 박물관, 파리.

80 (위 왼쪽) 〈옥좌의 성모〉 치마부에(Cimabué, 1240–1302?). 루브르 박물관, 파리.

80 (위 오른쪽) 〈마리아와 아이 그리고 네 명의 천사〉 피에로 델라 프란체스카(Piero della Francesca, 1410/20–1492). 윌리엄스턴, 클락 아트 미술관.

80 (아래 왼쪽) 〈마돈나와 아이〉 프라 필리포 리피(Fra Filippo Lippi, 1457/8–1504).

80 (아래 오른쪽) 〈이집트 피신 중의 휴식〉 제라르 다비트(Gerard David, 1460?–1523). 내셔널 갤러리, 워싱턴, 맬런 컬렉션.

81 (위 왼쪽) 〈시스틴 마돈나〉 라파엘로 산치오(Raffaello Sanzio, 1483–1520). 우피치 미술관, 피렌체.

81 (위 오른쪽) 〈마리아와 아이〉 바르톨로메 무리요(Bartolomé Murillo, 1617–1682). 피티궁, 피렌체.

81 (아래) 〈귀여운 어린 양들〉 포드 매독스 브라운(Ford Madox Brown, 1821–1893). 버밍엄 시립미술관.

82 (위) 〈성 프란시스의 죽음〉 조토 디 본도네(Giotto di Bondone, 1266/7–1337). 산타 크로체, 피렌체.

82 (아래) 〈죽음의 승리〉 부분. 피터르 브뤼헐. 미술사 박물관, 빈.

83 (위 왼쪽) 〈단두대로 잘린 머리들〉 테오도르 제리코(Théodore Géricault, 1791–1824). 국립박물관, 스톡홀름.

83 (위 오른쪽) 〈여성의 세 모습〉 한스 발둥 그린(Hans Baldung Grien, 1483–1545). 프라도 미술관, 마드리드.

83 (아래) 〈죽은 투우사〉 에두아르 마네.

84 (위) 〈정물〉 피에르 샤르댕(Pierre Chardin, 1699–1779). 내셔널 갤러리, 런던.

84 (아래) 〈정물〉 프란시스코 고야(Francisco Goya, 1746–1828). 루브르 박물관, 파리.

85 (위) 〈정물〉 장 바티스트 우드리(Jean Baptiste Oudry, 1686–1755). 월리스 컬렉션, 런던.

85 (아래) 〈정물〉 얀 페이트(Jan Fyt, 1611–1661). 월리스 컬렉션, 런던.

86 〈다프니스와 클로에〉 비안키 페라리(Bianchi Ferrari). 월리스 컬렉션, 런던.

87 (위) 〈비너스와 마르스〉 피에로 디 코시모(Piero di Cosimo, 1462–1521). 회화관, 베를린-다렘.

87 (아래) 〈목신(牧神)〉 루카 시뇨렐리(Luca Signorelli, 1441/50–1523년경). 원본은 현재 손상됨. 카이저 프리드리히 미술관, 베를린.

88 (위) 〈루지에로에게 구조받는 안젤리카〉 장 오귀스트 도미니크 앵그르. 내셔널 갤러리, 런던.

88 (아래) 〈로마인의 축제〉 토마 쿠튀르(Thomas Couture, 1815–1879). 월리스 컬렉션, 런던.

89 (위) 〈목신과 시링크스〉 프랑수아 부셰(François Boucher, 1703–1770). 내셔널 갤러리, 런던.

89 (아래) 〈순결을 유혹하는 사랑, 쾌락에 빠진 그녀, 그리고 참회〉 피에르 폴 프뤼동(Pierre Paul Prud'hon, 1758–1823). 월리스 컬렉션, 런던.

90 놀(Knole) 무도장.
91 (위 왼쪽) 〈에마뉘엘 필리베르의 초상〉 안토니 반 다이크(Anthony van Dyck, 1599–1641). 덜위치.
91 (아래 왼쪽) 〈엔디미온의 문지기〉 윌리엄 돕슨(William Dobson, 1610–1646). 테이트 갤러리, 런던.
91 (오른쪽) 〈노르웨이인, 매클라우드의 22대 의장〉 앨런 램지(Allan Ramsay, 1713–1784). 던베건 성.
92 (위) 〈데카르트〉 프란스 할스. 코펜하겐.
92 (아래) 〈어리석은 재판관〉 디에고 벨라스케스(Diego Velasquez, 1599–1660). 프라도 미술관, 마드리드.
93 (위 왼쪽) 〈도나 타데아 아리아스 데 엔리케스(Dona Tades Arias de Enriquez)〉 프란시스코 고야. 프라도 미술관, 마드리드.
93 (위 오른쪽) 〈부엌에 있는 여인〉 피에르 샤르댕.
93 (아래) 〈미치광이 유괴범〉 테오도르 제리코. 스프링필드, 매사추세츠.
94 (위) 〈자화상〉 알브레히트 뒤러.
94 (아래) 〈자화상〉 렘브란트 반 레인.
95 (위) 〈자화상〉 프란시스코 고야. 카스트르 박물관.
95 (아래) 〈모방하지 마시오〉 르네 마그리트. 에드워드 윌리엄 프랭크 제임스 컬렉션, 서식스.
97 〈옥스나드 홀의 패스턴 저택의 재물들〉 네덜란드 파(派). 1665년경. 노리치 박물관.
99 〈개인 화랑에 서 있는 레오폴드 빌헬름 공〉 다비드 테니르스(David I. Teniers, 1582–1649). 미술사 박물관, 빈.
101 〈발렌티 곤자가 추기경의 화랑〉 조반니 파올로 파니니(Giovanni Paolo Panini, 1692–1765/8). 워즈워스 애서니엄, 하트퍼드, 코네티컷.
102 〈화랑의 내부〉 십칠세기 플랑드르 미술. 내셔널 갤러리, 런던.
105 〈대사들〉 한스 홀바인(Hans Holbein, 1497/8–1543). 내셔널 갤러리, 런던.
107 〈허영〉 빌렘 드 포테르(Willem de Poorter, 1608–1648). 바젠저 컬렉션, 제네바.
108 (위 왼쪽) 〈독서하는 막달라 마리아〉 암브로시우스 벤슨(Ambrosius Benson, 1519–1550년경 활동). 내셔널 갤러리, 런던.
108 (위 오른쪽) 〈막달라 마리아〉 아드리안 반 데르 워프(Adriaen van der Werff, 1659–1722). 드레스덴.
108 (아래) 〈참회하는 막달라 마리아〉 폴 자크 에메 보드리(Paul Jacques Aimé Baudry, 1828–1886). 1859년 살롱 출품. 순수미술관, 낭트.
109 단테의 『신곡(神曲)』 중 지옥의 문을 묘사한 삽화. 윌리엄 블레이크(William Blake, 1757–1827). 테이트 갤러리, 런던.
112 〈엘미나 성의 로이테르 장군〉 엠마누엘 데 비테(Emanuel de Witte, 1617–1692). 도웨이저 레이디 할렉 컬렉션, 런던.
113 (위) 〈브리타니아(Britannia)에게 진주를 바치는 인도인〉 십팔세기 후반. 동인도 회사를 위해 그려진 그림. 영국 외무성.
114 〈토스카나의 페르디난도 이세와 비토리아 델라 로베레〉 저스투스 스터맨(Justus Suttermans, 1597–1681). 내셔널 갤러리, 런던.
115 (위) 〈윌리엄 아터톤 부부〉 아서 데비스(Arthur Devis, 1711–1787). 워커 미술관, 리버풀.
115 (아래) 〈보몽 가의 사람들〉 조지 롬니(George Romney, 1734–1802). 테이트 갤러리, 런던.
116 〈가재가 있는 정물〉 얀 데 헤임(Jan de Heem, 1606–1684). 월리스 컬렉션, 런던.
117 (위) 〈링컨셔의 황소〉 조지 스터브스(George Stubbs, 1724–1806). 워커 미술관, 리버풀.
117 (아래) 〈정물〉 피터르 클레즈(Pieter Claesz, 1596/7–1661). 내셔널 갤러리, 런던.
118 (위) 〈정원사 로즈에게 파인애플을 받은 찰스 이세〉 헨드릭 단커츠(Hendrick Danckerts, 1630–

1678/9년경). 햄 하우스, 리치먼드.

118 (아래 왼쪽) 〈타운리와 친구들〉 요한 조파니(Johann Zoffany, 1734/5–1810). 타운리 홀 아트 갤러리 겸 박물관. 번리, 랭커셔.

118 (아래 오른쪽) 〈지혜의 승리〉 바르톨로메우스 슈프랑거(Bartholomeus Spranger, 1546–1611). 빈 갤러리.

120 (위) 〈처녀성의 여신을 꾸며 주는 우아함의 여신들〉 조슈아 레이놀즈(Joshua Reynolds, 1723–1792). 테이트 갤러리, 런던.

120 (아래) 〈발할라에서 나폴레옹의 관을 받아든 오시안〉 안 루이 지로데 트리오종(Anne-Louis Girodet-Trioson, 1767–1824). 말메종 국립박물관.

121 〈선술집 풍경〉 아드리안 브라우어(Adriaen Brouwer, 1605/6–1638). 내셔널 갤러리, 런던.

122 (왼쪽) 〈웃고 있는 어부 소년〉 프란스 할스. 버그슈타인푸르트, 벤트하임과 슈타인푸르트 컬렉션, 베스트팔렌.

122 (오른쪽) 〈어부 소년〉 프란스 할스. 아일랜드 내셔널 갤러리, 더블린.

123 (위) 〈폐가와 풍경〉 야코프 반 라위스달(Jacob van Ruisdael, 1628/9–1682). 내셔널 갤러리, 런던.

123 (아래) 〈어부가 있는 강 풍경〉 얀 반 호이엔(Jan Van Goyen, 1596–1656). 내셔널 갤러리, 런던.

124 〈앤드루스 부부〉 토머스 게인즈버러(Thomas Gainsborough, 1727–1788). 내셔널 갤러리, 런던.

131 〈렘브란트와 사스키아의 초상〉 렘브란트 반 레인. 피나코테크(Pinakotek), 드레스덴.

132 〈자화상〉 렘브란트 반 레인. 우피치 미술관, 피렌체.

134 (위) 〈아프리카와 미국이 떠받치는 유럽〉 윌리엄 블레이크.

134 (아래) 〈연민〉 윌리엄 블레이크.

135 〈병든 밀 이삭〉 윌리엄 블레이크.

136 (위) 〈클레르몽(Clermont)〉 장 마르크 나티에(Jean Marc Nattier, 1685–1766). 월리스 컬렉션, 런던.

136 (아래) 1842년 뉴올리언스 로턴더에서의 그림과 노예 매매.

137 (위 왼쪽) 〈라코스키 여왕〉 니콜라 드 라르질리에르(Nicolas de Largillièrre, 1656–1746). 내셔널 갤러리, 런던.

137 (위 오른쪽) 〈리치먼드 공작〉 요한 조파니. 개인 소장.

137 (아래) 〈두 흑인〉 렘브란트 반 레인. 헤이그, 마우리츠하위스 미술관.

138 〈바나도 의사의 집의 세라 버지〉 1883. 무명 사진가.

139 〈문지방에 기대고 있는 시골 소년〉 바르톨로메 무리요. 내셔널 갤러리, 런던.

140 (위 왼쪽) 〈어느 가족〉 마이클 누트(Michael Nouts). 1656(?). 내셔널 갤러리, 런던.

140–141 (위 가운데) 〈졸고 있는 하녀와 여주인〉 니콜라스 마스(Nicholas Maes, 1634–1693). 내셔널 갤러리, 런던.

140 (아래 왼쪽) 〈실내〉 델프트 파(派). 1650–1655년경(?). 내셔널 갤러리, 런던.

140–141 (아래 가운데) 〈마굿간에 있는 사내와 여인〉 피터 콰스트(Peter Quast, 1605/6–1647). 내셔널 갤러리, 런던.

141 (위 오른쪽) 〈요리하는 여인이 있는 실내〉 에사이에스 부르스(Esaias Boursse). 월리스 컬렉션, 런던.

141 (아래 오른쪽) 〈선술집 풍경〉 얀 스테인(Jan Steen, 1626–1679). 월리스 컬렉션, 런던.

142 (위 왼쪽) 〈여물〉 존 프레데릭 헤링(John Frederick Herring, 1795–1865). 테이트 갤러리, 런던.

142 (위 오른쪽) 〈아보츠포드의 풍경〉 에드윈 랜시어(Edwin Landseer, 1802–1873). 테이트 갤러리, 런던.

142 (가운데 왼쪽) 〈하얀 개〉 토머스 게인즈버러. 내셔널 갤러리, 런던.
142 (가운데 중앙) 〈위엄과 경멸〉 에드윈 랜시어. 테이트 갤러리, 런던.
142 (가운데 오른쪽) 〈소녀 볼스〉 조슈아 레이놀즈. 월리스 컬렉션, 런던.
142 (아래) 〈수레〉 부분. 토머스 게인즈버러. 테이트 갤러리, 런던.
143 (위) 〈제임스 가족〉 아서 데비스. 테이트 갤러리, 런던.
143 (가운데 왼쪽) 〈회색 말과 사냥개, 그리고 푸른 제복의 남자〉 조지 스터브스. 테이트 갤러리, 런던.
143 (가운데 오른쪽) 〈갈색 말〉 존 퍼넬리(John Ferneley, 1782–1860). 테이트 갤러리, 런던.
143 (아래) 〈애시다운 공원의 살인〉 제임스 시모어(James Seymour). 테이트 갤러리, 런던.
144 〈흰 스타킹을 신은 여인〉 귀스타브 쿠르베(Gustave Courbet, 1819–1877).
145 〈센 강가의 아가씨들〉 귀스타브 쿠르베. 프티 팔레 미술관, 파리.
146 (위) 〈쇠퇴기의 로마인들〉 토마 쿠튀르.
146 (가운데) 〈살롱〉(사진).
146 (아래 왼쪽) 〈카엔 부인〉 레옹 보나(Léon Bonnat).
146 (아래 오른쪽) 〈니덴의 물의 요정 온딘〉 에밀 두어스틸링(Emil Doerstling).
147 (위 왼쪽) 〈마녀 사바스〉 루이스 팔레로(Louis Falero).
147 (위 오른쪽) 〈성 안토니우스의 유혹〉 에메 모로(Aimé Morot).
147 (아래 왼쪽) 〈프시케의 목욕〉 프레더릭 레이턴(Frederick Leighton).
147 (아래 오른쪽) 〈행운〉 알베르 매그난(Albert Maignan, 1845–1908).
149 사진 슈벤 블롬베르크(Sven Blomberg).
156 (왼쪽) 〈풀밭 위의 점심〉 에두아르 마네. 루브르 박물관, 파리.
158 (위) 〈주피터와 테티스〉 장 오귀스트 도미니크 앵그르. 그라네 미술관, 엑상 프로방스.
158 (아래 왼쪽) 〈시링크스를 쫓는 목신〉 헨드릭 반 발렌 일세와 얀 브뤼헐 일세의 후계자. 십칠세기. 내셔널 갤러리, 런던.
159 (위 왼쪽) 〈아센델프트의 오둘푸스 성당 실내〉 1649. 피터르 산레담(Pieter Saenredam, 1547–1665).
159 (위 오른쪽) 〈파도〉 호쿠사이(葛飾北齋, 1760–1849).
159 (아래 왼쪽) 〈바쿠스, 케레스, 큐피드〉 바르톨로메우스 슈프랑거.
161 〈파르마와 그의 가족〉 작자 미상. 십구세기. 비아레조에 있는 대공의 저택.
164 (위) 〈술잔이 있는 정물〉 피터르 클레즈. 내셔널 갤러리, 런던.
170 (아래) 〈시든스 부인〉 토머스 게인즈버러. 내셔널 갤러리, 런던.
171 〈매릴린 먼로〉 앤디 워홀(Andy Warhol, 1928–1987).
179 〈자유의 시초〉 르네 마그리트.

* 이 책에 복제 이미지를 사용하는 것을 허락해 준 아래의 사람들 및 기관에 감사드린다.

Sven Blomberg 149, 155(아래); City of Birmingham 81(아래); City of Norwich Museums 97; Chiddingstone Castle 62; Euan Duff 165(아래), 172; Evening Standard 44(아래); Frans Hals Museum 16; Giraudon 60, 67, 80(위 왼쪽), 82(아래), 84(아래); Kunsthistorisches Museum 33(위), 99; Mansell 47, 72, 131, 132; Jean Mohr 44(위), 51(아래); National Film Archive 22(아래); National Gallery 26, 29, 31, 51(위), 64, 84(위), 88(위), 89(위), 102, 105, 108(위 왼쪽) 114, 117(아래), 121-124, 137(위 왼쪽), 139, 140(위 왼쪽과 아래 왼쪽), 140-141(위와 아래), 164, 170(아래); National Trust(Country Life) 90; Rijksmuseum, Amsterdam 37; Tate Gallery 115(아래) 120(위), 142(위 오른쪽과 아래), 143(가운데 오른쪽과 위); Wadsworth Atheneum, Hartford 101; Wallace Collection 85(위와 아래), 86, 89(아래), 116, 136(위), 141(위와 아래) Walker Art Gallery 117(위)

옮긴이의 말

존 버거의 '다른 방식으로 보기'

이 책의 원제는 'Ways of Seeing'이다. 이 제목을 단어 그대로 번역하면 '관점들' 또는 '보는 방식들'이 될 것이다. 책 제목으로는 어딘가 매끄럽지 못하지만 그것이 함축하고 있는 뜻은 쉽게 알 수 있다. 여기서 중요한 것은 이것이 복수형으로 되어 있다는 점이다. 이 책이 대상으로 하고 있는 것은 기본적으로 서구의 유화 전통에 속하는 작품들인데, 여기서 '보는 방식들(Ways of Seeing)'이라는 복수형은 유화작품들을 보는 하나의 표준적인 방식이 있는 것이 아니라 여러 가지 방식이 있을 수 있다는 의미를 함축한다. 그렇기 때문에 '보는 방식(The Way of Seeing)'이 아니라 'Ways of Seeing'이라고 했을 것이다. 보통 미술작품을 볼 때 일반적으로 강단적(academic)인 미술사나 미술평론에서는 그 작품을 감상하는 이상적인 방식이나 태도가 있다고 가정한다. 그 경우에는 단수형인 'The Way of Seeing'이라는 표현이 더 적합할 것이다. 그러나 복수형인 'Ways of Seeing'은 하나의 작품을 보는 그 나름대로의 타당성이 있는, 여러 가지 경쟁적인 방식들이 공존할 수 있음을 함축하고 있다.

이 책은 원래 1972년 비비시(BBC)에서 방영된 텔레비전 연속 강의들을 바탕으로 만들어졌다. 이 강의에서 존 버거(John Berger)는 기존의 아카데믹한 보는 방식에 대해 근본적으로 재검토할 것을 요청하고 있다. 그렇기 때문에 거기에는 일반적으로 미술작품을 감상하는 법이라고 알려지고 이야기된 기존의 것들이 어딘가 잘못된, 또는 편협한 방식일 수도 있다는 강한 뜻이 함축되어 있다. 그래서 이 책의 제목을 '다른 방식으로 보기' 라고 번역할 수 있다. '다른 방식' 이라 함은 기존의 아카데믹한 표준적인 보는 방식이 아닌 새로운 방식으로 볼 수 있고, 또한 보아야 하지 않겠느냐는 일종의 적극적인 제안이다. 그는 거의 난폭하다 할 정도로 영국의 제도화된 강단 미술사학의 암묵적 전제들을 공격하고 있다. 그는 마르크스주의자(Marxist)의 시각에서 서구의 유화 전통을 새로운 눈으로 볼 수 있다고 제안한다. 보수적인 미술사가에 대한 근본적인 비판이 바로 이 복수형의 제목에서부터 드러나고 있음을 알 수가 있다. 그렇기 때문에 복수형인 '보는 방식들' 이라는 제목을 우리는 '다른 방식으로 보기' 라고 옮겨도 괜찮을 것 같다.

존 버거의 이 비비시 연속 강연은 기존의 지배적인 미술사 담론에 대해 전복적이라고 이야기할 수 있을 정도로 급진적 비판의 시각을 보여 줌으로써 방송 당시부터 커다란 반향을 불러일으켰다. 기존의 미술사학과 미술평론에 미친 그 충격과 파장을 한마디로 쉽게 이야기할 수는 없지만, 오랫동안 강단 미술사학의 주류였던 양식사 중심의 형식주의적 미술사학의 틀에서 벗어난, 소위 오늘날 신미술사(新美術史, New Art History)라고 흔히 불리는 다방면의 새로운 연구 방향의 모색은, 존 버거의 이와 같은 관점 전환에서 파생된 것이라고 보아도 크게 틀린 이야기는 아니다. 그러니까 미술사의 문제를 단순하게 형식주의적인 입장에서 양식상의 변화 또는 작가와 유파 사이의 영향 관계의 문제로 축소시켜 생각한다든가, 예술 또는 미학적 영역이 다른 실제적인 영역과 아무 상관없는 특수한 영역이라는 칸트의 미학적 사고에서 벗어나, 미술의 영역과 그 여타의 다른 삶의 영역과의 복잡한 관계를 보다 자세하게 검토하려는 것이 이른바 신미술사학이 일반적으로 지향하는 것이라고 할 수 있다. 즉 그 이전에는 미술이나 미술사의 논의에서 흔히 배제했거나 또는 덜 중요하게 생각했던 계급, 인종, 성차(gender)의 문제, 그리고 작품의 소유나 후원과 연관된 정치적 경제적 차원의 문제 등 여러 가지 다양한 문제들을 미술을 이야기할 때 함께 고려해야만 한다는 것이 신미술사학이 새롭게 제기하고자 하는 논점들이다.

미술이라는 분야를 제도적으로 분리된 특수한 영역으로 보는 보수적 미술사나 미학의 시야를 벗어나, 보다 넓은 영역에 걸친 다양한 시각적인 경험과 실천들을 두루 검토하고자 하는 시각 문화 연구(visual culture studies)는, 팔십년대 이후 본격적으로, 주로 영미 대학에서 인문학의 새로운 영역으로 등장했다. 이러한 시각 문화 연구 역시, 서구 유화의 전통을 오늘날 소비사회의 광고문화와 연결지어 미술사 논의를 새로운 차원으로 과감하게 이동시켜 다시 해 보자고 제안하는 존 버거의 이의 제기에 커다란 자극을 받았을 뿐 아니라, 심지어는 그것을 계기로 출발한 것이라고 볼 수 있다. 그러나 대학 또는 아카데미라고 하는 제도 안에서의 보수주의는 이러한 사실의 인정에 비교적 인색한 것으로 보인다. 미국의 미술사학자 도널드 프레지오지(Donald Preziosi)가 재미있게 표현한 '저 혼자 고상한 척 내숭 떠는 학문(coy science)' 이라고 하는 미술사학의 보수주의적 속성 때문인지, 아카데믹한 연구 문헌들에서는 존 버거의 방송 및 이 책이 던져 준 새로운 충격에 대해 언급한 발언들을 좀처럼 찾아보기 힘들다. 존 버거는 이 책에서 그 자신의 새로운 관점, 즉 미술사를 보는 새로운 보는 방식이 전적으로 발터 베냐민(Walter Benjamin)의 생각에 빚지고 있음을 분명하게 밝히고 있다. 이 책에 담긴 여러 가지 함축적 의미를 검토하기 위해서는 베냐민의 글을 다시 읽어 보는 것이 필요하다.

또한 시선, 즉 보는 행위에서 성차와 직접 관련된 권력의 문제를 처음으로 분명하게 제기한 것이 바로 이 책이기도 하다. 특히 남성적 응시를 중요한 의제로 제시함으로써 영화 연구에서 새로운 문제영역을 열어 놓은 로라 멀비(Laura Mulvey)의 유명한 글 「시각적 쾌락과 내러

티브 영화(Visual Pleasure and Narrative Cinema)」(1975)보다 앞서서, 존 버거는 미술사에서도 시선과 젠더가 연관된 권력적 차원을 마땅히 검토해야 한다고 주장한 것이다. 이는 미술사 연구의 주제와 방법의 재검토를 요구하는 페미니스트적 의제의 단초를 분명하게 제시한 것이라고 볼 수 있다. 물론 존 버거의 이러한 주장과 논의들은 소략하고 단정적인 발언들로 이어져 있다는 비판을 받을 소지도 있다. 그러나 기존의 미술사 논의와는 문자 그대로 '전혀 다른' 방식의 획기적 문제 제기라는 점과 미술사와 미술비평의 새로운 담론적 차원을 여는 하나의 출발점이 되었다는 점에서, 이러한 이의 제기는 이 책이 나온 지 사십 년이 지난 지금에도 여전히 신선하게 느껴지며, 시각 문화 연구의 새로운 차원을 선구적으로 전개시킨 지적 촉매로서의 역할이 돋보인다.

2012년 7월
최민(崔旻)

존 버거(John Berger, 1926-2017)는 미술비평가, 사진이론가, 소설가, 다큐멘터리 작가, 사회비평가로 널리 알려져 있다. 처음 미술평론으로 시작해 점차 관심과 활동 영역을 넓혀 예술과 인문, 사회 전반에 걸쳐 깊고 명쾌한 관점을 제시했다. 중년 이후 프랑스 동부의 알프스 산록에 위치한 시골 농촌 마을로 옮겨 가 살면서 생을 마감할 때까지 농사일과 글쓰기를 함께했다. 주요 저서로 『제7의 인간』 『행운아』 『그리고 사진처럼 덧없는 우리들의 얼굴, 내 가슴』 『벤투의 스케치북』 『우리가 아는 모든 언어』 등이 있고, 소설로 『우리 시대의 화가』 『G』, 삼부작 '그들의 노동에' 『끈질긴 땅』 『한때 유로파에서』 『라일락과 깃발』, 『결혼식 가는 길』 『킹』 『여기, 우리가 만나는 곳』 『A가 X에게』 등이 있다.

최민(崔旻, 1944-2018)은 서울대 고고인류학과와 동대학원 미학과를 졸업했다. 1993년 파리 제1대학에서 예술학 박사학위를 받았고, 한국예술종합학교 영상원 명예교수를 지냈다. 산문집으로 『글, 최민』, 시집으로 『상실』 『어느날 꿈에』 『시, 최민』, 역서로 『서양미술사』 『미술비평의 역사』 『인상주의』 등이 있다.

다른 방식으로 보기

존 버거 / 최민 옮김

초판1쇄 발행 2012년 8월 1일
초판24쇄 발행 2024년 5월 1일
발행인 李起雄 **발행처** 悅話堂
경기도 파주시 광인사길 25 파주출판도시
전화 031-955-7000 팩스 031-955-7010
www.youlhwadang.co.kr yhdp@youlhwadang.co.kr
등록번호 제10-74호 **등록일자** 1971년 7월 2일
편집 조윤형 이수정 박미 **디자인** 공미경
인쇄 제책 (주)상지사피앤비

ISBN 978-89-301-0427-2 03840